頁行

每一本书,都有它的灵魂

总有相似的灵魂,正在书中相遇

我把人生铺展开来，当成一张白纸

以年岁作为墨，又把日月当作笔

我落下的，不是一撇一捺

而是这短短的一生里，爱的证明

# 好的人生，
# 不慌不忙

Proof of Love

梁丹妮 著

图书在版编目（CIP）数据

好的人生，不慌不忙 / 梁丹妮著. -- 北京：北京联合出版公司，2024.2
ISBN 978-7-5596-7345-9

Ⅰ.①好… Ⅱ.①梁… Ⅲ.①散文集－中国－当代 Ⅳ.① I267

中国国家版本馆CIP数据核字（2023）第254035号

## 好的人生，不慌不忙

作　　者：梁丹妮
出 品 人：赵红仕
出版统筹：李小含
责任编辑：周　杨
责任印制：耿云龙
特约编辑：段年落　高继书
封面拍摄：周　维
版式设计：邱兴赛
装帧设计：程景舟

北京联合出版公司出版
（北京市西城区德外大街83号楼9层　100088）
北京联合天畅文化传播公司发行
北京美图印务有限公司印制　新华书店经销
字数131千　880毫米×1230毫米　1/32　8.75印张
2024年2月第1版　2024年2月第1次印刷
ISBN 978-7-5596-7345-9
定价：55.00元

版权所有，侵权必究

未经书面许可，不得以任何方式转载、复制、翻印本书部分或全部内容。
本书若有质量问题，请与本公司图书销售中心联系调换。
电话：010-65868687　0106425847-800

01

01　丹妮周岁照

02 丹妮 3 岁，和母亲
03 丹妮 5 岁半，父亲写作时拍下的她

04　丹妮 9 岁当兵照

05
—
06

05　丹妮在台上表演杂技
06　丹妮出国演出，机场照

| 07 | 08 |
|----|----|
| 09 | 10 |

07    1978年，丹妮首登银幕，出演《傲蕾·一兰》
｜    饰演傲蕾·弗兰晶
10

11、12　　1981年，丹妮出演电影《漓江春》，饰演华侨少女黄莉莎

13　1981年，丹妮应长春电影制片厂邀请，出演电影《第三个被谋杀者》，饰演方卉

14  1988年，丹妮在电影《行窃大师》中饰演高晓莉

15　1991年，丹妮出演电影《豺狼入室》，饰演林美珊，戏路有较大突破，与冯远征因戏结缘

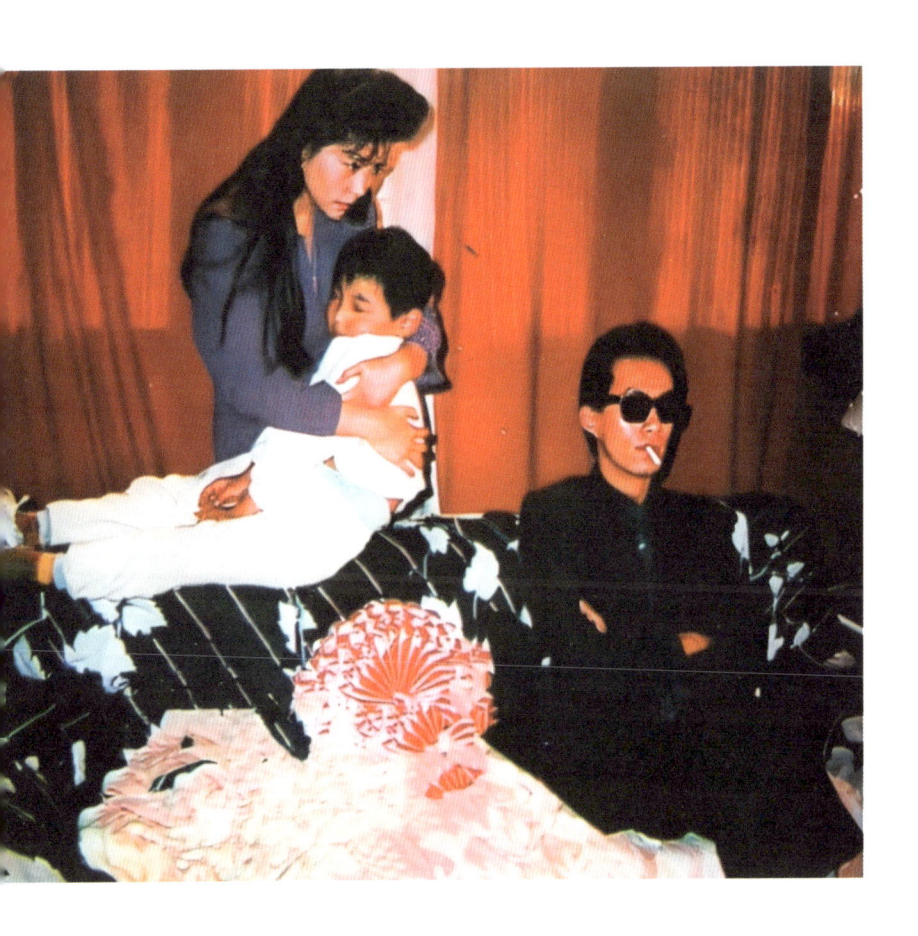

16　1993年，丹妮与冯远征登记结婚

17

17

17 丹妮与远征在当时的家中拍下的合影

18　1997年，丹妮在北京人民艺术剧院出演首部话剧《古玩》，饰演水珠儿

19、20　1997年，丹妮出演电视剧《戊戌风云》，饰演隆裕太后

21　2004年，丹妮出演话剧《全家福》，饰演春秀婶儿，凭借这一角色获得中国话剧界最高奖项"金狮奖"

22　2010 年，丹妮出演电视剧《青春期撞上更年期》，饰演贺淑珍

23 2010年，丹妮出演电视剧《家常菜》，饰演"打酱油"的邻居，打破十年瓶颈期

24 2012年，丹妮出演电视剧《北京青年》，饰演郑玉英

24

25 | 26

25、26　2012 年，丹妮重新开始练功，学习芭蕾

27
—
28

27、28　2016年，丹妮出演微电影《我们》，凭借该片获得
　　　　第七届北京国际电影节网影盛典"年度十佳网影戏骨"奖

29、30  2017年,父亲去世时,丹妮忍痛在舞台上完成话剧
《日出》演出,饰演顾八奶奶和翠喜

29 | 30

31　2017年6月，丹妮出演古装网剧《花落宫廷错流年》，饰演惠妃

32　2022年8月，丹妮参加第十七届中国长春电影节闭幕式暨颁奖典礼，担任颁奖嘉宾

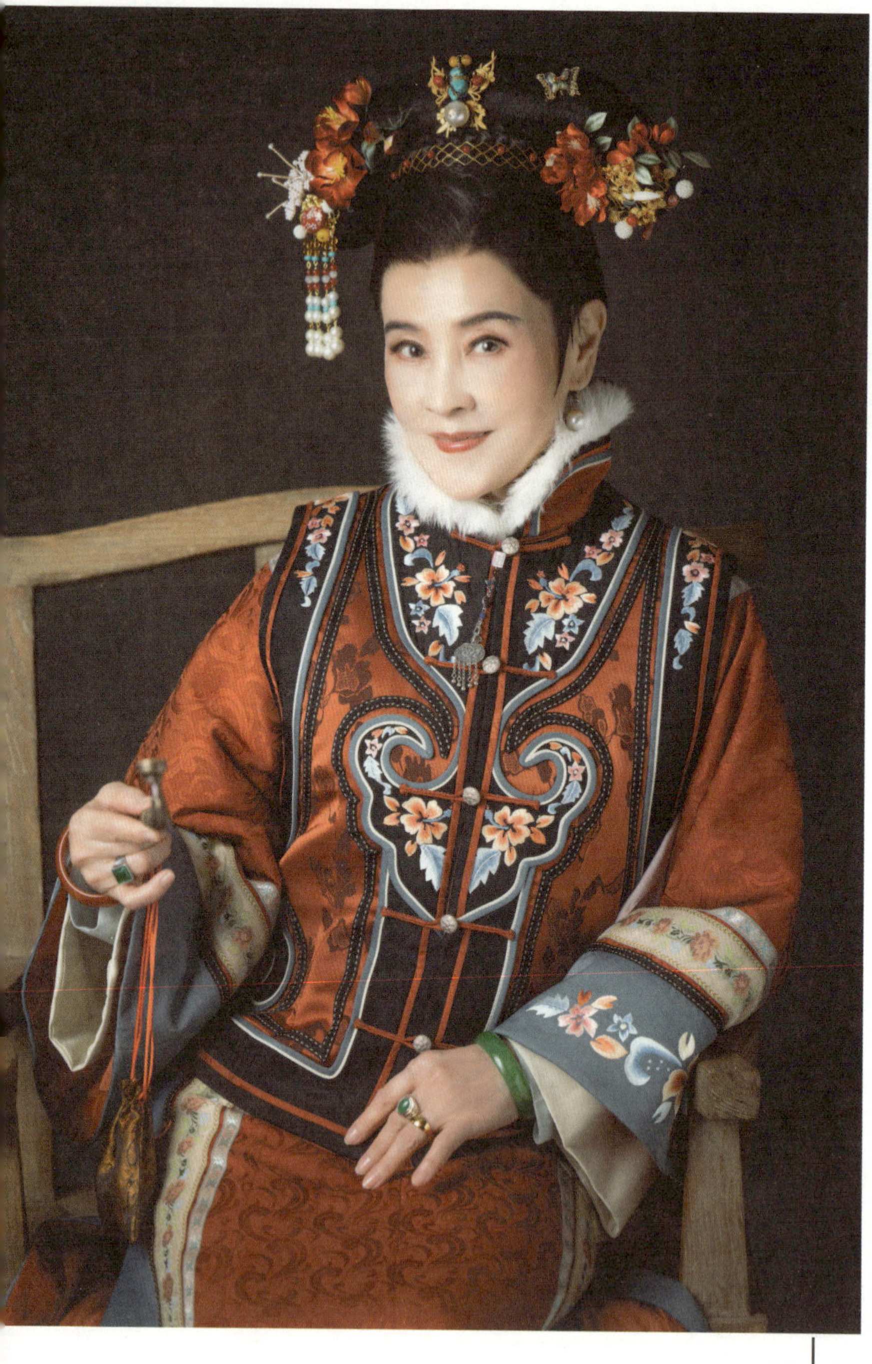

33  2023年1月,丹妮出演话剧《正红旗下》,饰演姑妈

34  2023年5月,话剧《正红旗下》第二轮演出,丹妮在本轮表演中获得"我喜爱的演员"评选第一名

一个礼物，送给思养
为得到的被珍视，为失去的而纪念

# Contents 目录

推荐序 … I

自序 … XVII

## Part one
### 1 一点苦

世上最疼我的那个人，去了 … 2

天堂电影院 … 24

两次重伤 … 38

穿越死亡隧道的婚姻 … 48

# Part two
## 一点甜

我是爸爸的大儿子 …64

小公主历险记 …74

我的初恋 …86

遇见完美先生 …94

最棒最贵重的礼物 …102

婚姻生活 …110

# Part three

## 一点旧

九岁当兵 … 124

电影大门 … 136

出国演出 … 146

十年瓶颈期 … 154

# Part four
## 4 一点新

报考电大 ⋯ 160

人艺殿堂 ⋯ 164

被时间忘却的人 ⋯ 176

微电影 ⋯ 190

重见曙光 ⋯ 200

他始终都在我身边 ⋯ 208

爱情的保鲜 ⋯ 214

推荐序

# 小姐姐梁丹妮

我管梁丹妮叫姐。

丹妮大我几岁,这么多年,我一直喊她"姐"。当然,喊她姐的不光我一人,当年,远征兄弟也喊过她"姐"。

1991年,青涩的远征到西安电影制片厂拍《豺狼入室》,饰演杀人犯,女一号是当红演员梁丹妮。一进组,远征就被她的气质镇住:到底是九岁登台的"小老艺人",举手投足都有一股明星范儿。

丹妮大远征八岁,自然是小姐姐。瞥了一眼瘦瘦弱弱的他,梁丹妮对导演说:"这小孩儿文质彬彬的,能演'豺狼'吗?"

幸亏导演坚持,否则一段姻缘可能就此白瞎了。戏拍完,梁丹妮也就认了这么一个可爱的弟弟。

一年后，小姐姐介绍弟弟进了电视剧《冯白驹将军》剧组，在海南拍戏。远征忽然出水痘，发得全身都是。组里有人认为他得了什么脏病，都绕着他走。

疼痛不堪的远征好多天都没有洗头了，痒得厉害。小姐姐看了毫不顾忌，撸起袖子就给弟弟洗起来。洗头的水泼出去了，帮洗头的小姐姐却装进了远征的心里。

1993年11月20日，他俩去领证。办登记的大妈白了他们一眼："结婚可是人生大事，你们得严肃点。"丹妮明白，大妈是说他们的年龄差几岁。

她看了他一眼。

弟的眼神比姐姐还坚定。没请客，没车，没房，花了39块钱，就把婚结了。当初谁都不看好，今天所有人都赞叹，27年同船渡，不易啊！靠啥维持呢？

我说：爱。大爱。

我知道梁丹妮的名字41年了。1978年底，上影厂拍摄电影《傲蕾·一兰》，我去试镜。在漕溪北路595号那原来的老修道院改造的办公楼里，我见到了汤晓丹大导演，他指着墙上桌上的照片介绍:"这是童芷苓,还有仲星火、韩非、戈沙。女主角有好几个人选。赫哲族小姑娘,定的是张瑜,还有一个是梁信的女儿梁丹妮……"

"梁老师的女儿?我刚刚在《人民电影》上拜读完梁老师的电影剧本《从奴隶到将军》。"

汤导演说:"他不姓梁,本姓郭,还写过电影《红色娘子军》。他女儿是杂技演员,广州军区的,很有天赋。"

那个戏最终我没能上得了,角色让今天大名鼎鼎的刘之冰给演了。多少年后,汤导的夫人蓝为洁说:"小江平,别不服气!刘之冰的戏演得比你好!再说,他是东北人,占优势。"

戏没演上,但我却记住了那个大眼睛的小姐姐。后来看了她演的《漓江春》《欢欢笑笑》《第三个被谋杀者》,又看了《豺狼入室》,再后来就听说"豺狼"真的入室了,姐姐嫁给了冯远征。

后面的故事:冯远征从德国留学回来后,日渐走红,从金鸡奖开始,各种奖得了一大堆,是北京人艺的新秀。而丹妮最后也落户人艺,夫唱妻和,举案齐眉。

我们是好友。因为丹妮的父亲作家梁信。

我从上影厂调北京至电影局后，恰逢中国电影百年评选50位"国家有突出贡献电影艺术家"，候选人中就有梁信。因为谢晋导演，我和梁信老师亦有来往。1993年我们去广州参加金鸡百花奖颁奖典礼，谢导还带我去梁信家吃饭。我买了水果和酒，丹妮姐的妈妈殷老师夸我说："上海的小鬼就是会做人，来吃个便饭都不空手！"

梁老师赠我邮册，给我看他的手稿，还有影集。当然，我也看到了那漂亮的小姐姐的旧照，谢导大着嗓门嚷："丹妮现在怎么样了？"

殷老师答："刚结婚。"

现在一算，那天正是丹妮和远征领证的第三日。

2005年评奖时，我介绍梁信的作品，那是货真价实的经典啊！他高票当选。

老爷子身体欠佳，没能来北京，我就把奖状奖金啊都预备齐了，交给了丹妮和远征。

打那以后，我们就似家人。

我常给他们夫妇派公益的事儿，无偿劳动。远征戏多人忙，丹妮就说："见缝插针也得去！"我拍儿童片给丹妮姐发信息求助帮忙，她秒回："弟放心！排除万难，上！实在去不了就录个视频祝贺一下。"

丹妮姐热忱，北京人艺这些年的戏，我没少看。

一次，他俩在《全家福》中淋漓尽致地刻画人物，话剧演员出身的我坐在观众席上，折服。

有桩事不能不说。

2017年春节，梁信老师驾鹤走得突然！

那天正是大年初一，悲痛欲绝的丹妮决定，不能耽误演出，让远征先行飞赴广州料理老人的后事。

次日晚，她在话剧《日出》中同时饰演顾八奶奶和翠喜。台下有谁知道她刚刚痛失父亲？

戏比天大！

谢幕后期，她一人在化装间放声大哭……

转眼三载，又逢新年，丹妮的母亲辞世。她慌了，疫情正肆虐，倘若去奔丧，来来回回，若被隔离，万一剧院开春要演出可咋办？

擦擦泪水，祈求去了天堂的母亲原谅她，忠孝不能两全，不能抛下观众。

最后母亲的丧事全权委托给父母所在的部队干休所代办了,她没能回去送妈妈最后一程。

疫情笼罩下,北京人艺 68 周年,一台隔空演出展现。丹妮姐姐又一次登场,神采飞扬地继续演绎着那个令人同情的苦命的翠喜……

江平(中国电影股份有限公司副董事长)

推荐序

## 唯有真情最动人

梁，梁信的梁；丹，红色；妮，北方人家的女子。

这就是本书的作者梁丹妮，我称她丹妮姐。

著名作家梁信为中国文艺创作了许多经典的人物形象，如《红色娘子军》；他的"人生作品"，便是梁丹妮。

说起来，我与丹妮姐还是同乡。

梁信先生 1926 年出生于吉林扶余。

丹妮姐在文中这样介绍父亲——早年"参军，经历过解放战争，也去广西十万大山缴过匪"。解放战争结束后，"父亲便留在了改编后的广州军区创作组工作，自此定居广州"。

由此可见，丹妮姐的身上传承着我们吉林人的血脉。

作为作家的掌上明珠、独生女儿的梁丹妮在父母之爱的世界里成长。她继承了父亲的精神衣钵,一生以文艺为业。

作为演员,她塑造了无数影视、话剧人物形象。

现在,她又跨界写作,以非虚构的写作手法,历时数载,精心打磨,终于呈现出这本散文集《好的人生,不慌不忙》。

当新书面世之时,我由衷地替她高兴!

丹妮姐嘱我为该书作序,我万分惶恐。

我以为能替人作序的人,应该是学富五车之人。

不过,我在读了她的书稿以后,忍不住要写一点读后感。

丹妮姐以时间为线索,既写了少女丹妮的五彩梦想、青年丹妮的蹉跎爱情、中年丹妮的奋斗摸索,也写了当下丹妮的美满婚姻与未来畅想等等。

我被她撷取的一个个真实的故事所吸引,自然而然地随着她的情绪而起伏。一页一页翻阅着,我好像成了她人生旅途上的伙伴,成了她的闺密与知音。

也许因为我们年龄相仿,她所走过的路、经历的情感波折或者面对事业的起起落落等等,我与她都有着惊人的相似之处。于是,我随着她的笔尖,一会儿欢笑,一会儿忧心,一会儿痛苦纠结，一会儿坐看云起……显而易见，丹妮姐既是用笔写作，亦在用心写作。

散文的写作讲究"讲真实的故事，抒真实的情感"，丹妮姐恰恰抓住了这个核心。

书中的故事看似没有离开"我""我的父母""我的爱人""我的事业"等，但这个"我"既是生活中的梁丹妮，又是观察著名作家梁信夫妇、著名演员冯远征、演员梁丹妮自己的写作者。

只是这个写作者，以其身份的特殊性，她观察得更深入、更细致。

她观察别人，也观察自己，且在把这些观察变成文字时，竟然是那样坦白、大胆、真诚。

以自己往事为题材的写作，有时候很容易陷入"报喜不报忧"或者"为亲者讳"的片面说辞当中，或者大胆披露负面故事，又容易陷入以八卦故事博取眼球的肤浅游戏之中。

丹妮姐避免了这两种可能。

她以严肃的态度、细腻的笔触，讲述她的个人故事，展露她的精神世界，表达她的思想感情，既是对她个人生活的整理，也是一个敏感的灵魂对人生的思考，同时还是我们这个时代一个个体人生的文本记录。

我相信，读者朋友们可以通过这些文字，在分享她的看似平凡但又打上时代烙印的故事时，一定会产生共鸣、受到启发、引发思考。

一叶可以知秋，一滴水也可以映照太阳。

那么，人呢？

当然，一个人也是一个社会、一个时代、一个家庭的标本。

每个人的生命都无比珍贵，都有社会学意义上的存在价值，都有研究与审美的价值。

由此可以说，生命既是自己的，也是社会的。

书中内容，既是一篇篇独立的散文，又是一部前后呼应、浑然一体的书，抑或是一部演员的自传或心灵史。

俗话说，"男人的一半是女人"，反之亦然。

从这一点说，丹妮姐实在太幸运了。

中国常有"夫妻相"之说。其实，"夫妻相"并不是指长相，而说的是"三观"，是"人设"。

大家知道，丹妮姐与已任北京人民艺术剧院院长的冯远征先生有着甜蜜的爱情故事和现实幸福的家庭生活。更重要的是，他们以贡献无数影视、话剧作品和不胜枚举的奖项，诠释着"戏比天大"的意义。

我认为，生活中的丹妮姐在用事业构建幸福生活的基础，又以幸福生活拉升夫妻双方的事业高度。

所谓琴瑟和鸣，应该是描述这对模范夫妻的准确用词吧！

最后，我也猜想着，丹妮姐的这些文字，可能也是对远行的父母的纪念。她的父母双亲在天堂里也会为女儿丹妮感到骄傲！

一个吉林人的后代，她有松树的性格；一个广东长大的女子，她有木棉花的美丽。

我爱丹妮姐！

张凯丽（国家一级演员）

推荐序 3

# 爱的礼物

丹妮的新书终于要出版了,她说这是献给她自己的一份礼物。

这是她利用两年前疫情在家的时间写成的。字里行间都饱含着她对工作、对生活的感悟,时而温情浪漫,时而又激情澎湃。她站在女性的视角,洋洋洒洒地讲述了从她出生到现在几十年的心路历程。

她年幼时经历过动荡,前半生还遭遇过蹉跎、坎坷和磨难。她归结自己所走过的人生道路为:既平凡而又不平凡,既传奇而又不传奇。这似乎是矛盾的,但确实又是不矛盾的,这些详情均在她书中,有着非常清晰的阐述与描写。

但她的书，的确又很能让你感到温暖，会在你阅读的时候，不知不觉、一点一点地融化着你的心。

丹妮她是一个怎样的女人？她在书里用了"特别"两个字来形容自己。

我认为，作为女人她很优秀！

她九岁就当兵独立生活的特殊经历，使得她比一般的女性都坚强，个性也更坚韧不拔。她称自己为"战士"，而这个我一直深爱着的"战士"，在影视剧和北京人艺的舞台上，一晃就已经奋斗了几十年。

这其中，她还经历了十年事业上难以逾越的瓶颈期。后来，在她孜孜不倦的追求、坚持与努力下，最终走出了低谷，持续迎来了事业上不错的成绩。

丹妮非常热爱她所从事的事业。作为演员，她下的功夫都是苦功夫，甚至在很多人看来是笨功夫，她没有想过走一条更便捷的路。她每塑造一个人物，都会认真地写人物小传、心得，这些让她在写作和演出上都找到了自己的路。为了在舞台上保持良好的体态、更加灵活的肢体，她每天早起练习芭蕾。每次看到她由于练习舞蹈，腿上、胳膊上青一块紫一块的，除了心疼之外，油然而生的是敬佩。

　　对于工作，丹妮从来都十分地忘我努力，无论是演影视剧还是在舞台上，无论饰演的是大角色还是小角色，她均会用百倍执着、千倍勤奋去认真演绎，从未因任何个人的事而"掉链子"。就连她父亲去世后的第二天，她都强忍着巨大的悲痛，依然坚强地站在舞台上，完成了那一轮剧院所有的演出任务。

　　为此我当时在微博上这样写道："今天《日出》的演出，许多人用'残酷'这两个字来形容丹妮。是的，父亲刚刚离去，她便站在舞台上演出。晚上到了后台，她静静地坐在镜子前仔细地化装，她用最大的毅力控制着自己。可她一迈上舞台，瞬间便化作顾八奶奶和翠喜。侧幕边上的我也几次眼睛湿润了。这就是演员，一个美好的职业，一个令人神往的职业，一个残酷的职业。也有许多人不理解，但这就是演员！面对观众忘掉'小我'是演员的天职！今天的演出，丹妮是完美的。"

　　丹妮来到北京人艺以后，在舞台上成功塑造了多个人物形象，逐渐受到了观众的喜爱和广泛的好评。2004年，她凭借在话剧《全家福》中饰演的春秀婶儿，获得了当年的话剧最高奖"金狮奖"的优秀演员奖。近年来，她多次获得了由观众在演出现场投票选举的"受观众欢迎"的演员奖。

在影视剧方面,这几年她也成绩斐然,相继获得了十多个个人的单项奖。尤其是她主演的一部微电影,感动了无数观众的心。为此我又写道:"从影三十多年,你一直努力认真地完成每一个角色。你吃的苦、你受的累、你的付出,只有你自己和身边的我和朋友们知道。你主演十多分钟的微电影《我们》绽放出最美的你!你用十分钟证明了你的光彩!我为你加油。"

生活中我们是伴侣,是最亲密的爱人。我说"我喜欢你的眼睛,喜欢你的执着,喜欢你的真。此生注定与你相遇相守。三十年了,不说是风雨同舟,也是牵手走过。面对生活,我们有颗感恩的心;面对事业,我们有着执着;面对未来,我们依然要手牵手。生命中有你真好"。

丹妮在书中把女人比作花,她说在姹紫嫣红、花团锦簇的万花丛中,她不似牡丹,也不似玫瑰,而更似洁白无瑕的百合,娇俏而又挺立,并能散发出诱人的、沁人心脾的清香。

我觉得她给予自己的定位很准确,花性人性,人性花性,这足以证明她的价值观和情操。更难得的是,丹妮至今还葆有少女的情怀,拥有一颗童真善良的心。圈中好友曾形容她似一股清流，美丽而又充满正能量。

愿丹妮的新书大卖，愿美丽健康永远伴随着她，愿我们携手相伴走向更美好的未来。

冯远征

自序

## 我的沁芳之旅

近些年,我很想送自己一份特殊的礼物,那就是写一本属于我自己的书。直到 2020 年疫情防控期间,我才有了时间和精力着手完成这一心愿。在朋友们的鼓励下,经过不懈的努力,我于 2020 年年底完成了初稿。

整个写作的过程,我沉浸在捡拾记忆的碎片中,并将其组合成了一个个小的单元,时而会令我激动不已,时而又使得我潸然泪下。

截止到 2021 年上半年,我一直在不断地对书稿进行着修改。

总希望自己能写得再好一点,更好一些。同时,我又非常明白"丑媳妇"早晚要见"公婆"的道理。虽然现在我对书稿还不十分满意，对是否马上就拿出来见读者仍怀着几分忐忑，最终我还是决定先初步脱稿。

我写的这本小书，它不是大江大河，而是萦绕在你心头和身边的涓涓细流，又好似一个坐在你身边的知心朋友，一个你亲密无间的姐妹，让你在闲暇之余，去聆听她娓娓道来的人生经历。无论是领略真情，还是感知未来，你都尽可游走，置身于我过去时的那些沟沟坎坎与现在时的奋斗与拼搏当中，去寻觅、去欣赏我所抒发的那份款款深情。

当然，你大可不必怀疑这部书稿是否真的是我本人的手笔，因为每一个细节上的描述都很难出自别人之手，也是其他任何人难以替代的。

这一饱蘸着我的心血和真情实感的作品，奉献出的则是我最真挚的心与我最炽热的爱。

愿它能够打动你、温暖你、融化你！

梁丹妮

2023 年春

Part one

1

一点苦

世上最疼我的那个人,去了

**001**

# 我心中最爱的女人走了

2020年2月13日00:13分。

这个时间点,正是北京疫情最为严重的时候,也是在这一天、这一刻,妈妈永远地离开了我。

打从妈妈"走"后,每当我回忆起和她有关的那些点滴过往,脑海中总有那句歌词浮现。

"在我童年的时候,妈妈留给我一首歌,没有忧伤没有哀愁,想起它心中充满欢乐。"

妈妈虽没有留给我一首歌,而我,也一样没有忧伤,没有哀愁。

一想到她啊,我能想起的、记住的,都是她的无限的温柔。

是她给予的爱让我的童年蒙上了一层粉色，也是她使得我无论在外遇到什么难事都从不觉得害怕，因为我知道，她永远都在家里候着我。

当我回到家里，她总会用那双深邃的眼睛深深地注视着我，再以温暖的臂膀拥抱我。

妈妈步入老年后，眼睛出了些问题，尽管看上去依然深邃无比，但因为患了白内障，眼球的晶体逐渐变得浑浊起来。也正是这个小小的"意外"，使得妈妈的瞳仁泛起了一圈儿淡蓝色，不知其因的人一眼看上去，会觉得有种异样的美，但我清楚地知道，这美于她而言应是一种折磨。

尤其是自妈妈身体抱恙之后，我便鲜少再得到她的拥抱，也记不清楚那双美丽的眼睛有多久没有再仔细地注视过我了。

妈妈的离开，让我明白了许多，比如：人生行至当下，浮世本来多聚散。悲伤，当然是有的，但我也接受她离开的事实。而我，也终于开始逐渐捡起爸爸妈妈落在人世间的那支笔，将我所记得的与他们有关或无关的故事，一一记录下来。

为得到的被珍视，为失去的而纪念。

002

# 好女儿花

妈妈是北京人，出生于一个贫苦的平民家庭，解放战争时期参加的革命。

妈妈参军时，我尚未出生。于是，关于她是如何参军的故事，也只记得一些些，实在不多。

据说，当时妈妈参军后，便跟随大部队于一个集中点集合，随时准备出发。就连姥姥和姥爷也都是后来才知道的消息，标准的先斩后奏。由此可见，我妈是个主意很正的人。而两位老人得知这一消息后，内心里满是不舍，急急忙忙地放下手中的活计，一起赶到了妈妈所在的集中点。

好容易到了集中点，又顺利地找到了妈妈，姥姥和姥爷看到即将参军的女儿时,刚才来的路上准备的嘱咐的话忽然就抛在脑后了。两人劝说:"要不你还是跟我们回去吧?你要是不好意思,我们带你一起去跟征兵的领导说说。"

姥姥和姥爷的这一举措,其实也不难理解,毕竟为人父母心,尤其是自己的女儿正年少,身子也单薄,看着瘦骨伶仃的。他们都不敢想,她要是真去参了军,这一路上要吃多少苦。

但我妈主意已定,义正词严地回绝:"爸、妈,我这人来了集中点,就算是正式参军了。哪有刚一参军就退伍的道理,你们说是不是?我知道你们肯定是担心我,请放心,我一定会照顾好自己的,我保证。"

就这样,妈妈最终还是按照自己的意愿,跟随大部队南下了。

多少年来,无数的影视作品和文学作品中,都曾讲述过那段艰难奋起的岁月。不可否认的是,无论是哪种载体的呈现,都无法完全还原当时的艰难与困苦。

也正是因为深知这些,所以我至今都很难想象,当时南下漫长的行军途中,那些和妈妈一样正年轻的女孩儿,她们到底经历了怎样的艰难困苦,又是如何克服了女性生理上的困难,一路从南到北跟上行军的大部队的。

如今的年轻人，估计有一大部分可能都不太清楚"行军"二字到底指的是什么。

所谓行军，其实就是指军队进行训练或执行任务时，从一个地方走到另一个地方，不依托任何一种代步工具，全程徒步。

从北至南，千万里的路，都在脚下。路途如此漫长，我想，即便是一个男兵也有过喊累的时候，更何况那些体力本就不占优势的女兵呢？妈妈说，当时就那么一路走下去，人还能有鞋子穿就已经不错了，有些人脚上穿的鞋已经破烂不堪，还要缝缝补补再接着穿。

咱们现在常说：苦不苦，想想红军二万五；累不累，想想革命老前辈。其实这句俗语，就是想要提醒人们，要珍惜当下所拥有的幸福。

那会儿行军的人，才是真的苦。

妈妈说，当时他们在行军路上的时候，困了，通常就是靠在前面的人身上眯一会儿；遇到没有东西吃的时候，就硬撑着。部队行军赶时间走得快，谁都不想成为掉队的人，大家也都没有任何抱怨。身体上的苦，实在算不上什么，只要一想到心中美好的愿景，就仍有力量。

忆往昔岁月，我原本以为妈妈会叫苦喊累，她却满脸怀念。她说，还记得那会儿赶路的时候，队伍里的女孩子们都会手拉着手，步伐一致地跟着部队往前走，披星戴月地从一个城市抵达另一个城市。

在行军部队里，妈妈因为能歌善舞，人长得又好看，于是理所当然地被分到了宣传小队，主要负责平时的文艺表演。那会儿，还是宣传队长的我爸，就跟身为队员的我妈认识了。

艰难困苦的条件下滋生出来的情愫显得尤为珍贵。二人遇到了，又彼此倾心，于是，就这么相识相恋了。

我曾好奇，很想了解他们两人最初相处时的一些细节，我希望能从她的描述里，揪出那么一些些与浪漫有关的碎片。

妈妈却说："我们那个年代，人都保守得很，打从心里喜欢一个人的表达方式，就是对他好，连牵手都不敢想。"

话虽如此，但我仍旧从妈妈后来的一些话里，敏锐地嗅到了浪漫。

我必须承认，妈妈的话里没有一个字是跟浪漫有关的，但这并不妨碍我固执地以为,从最初心动到最后白头,这原本就是浪漫本身。

我曾看过妈妈当年从军时拍下的照片,照片上的妈妈青春正盛,满脸骄傲,腰间挂着的腰鼓分外漂亮。我从未见过妈妈这般模样,以至于后来每次看到那张照片时都会惊呼:妈妈年轻时真的是太漂亮了!当然,我所说的这个漂亮,并不是指她年轻,也不是容貌姣好,而是我从她脸上看到了无法隐藏的对未来的向往和坚信。

是以如此,我始终都非常钦佩妈妈,自然,还有那些当年同她一起行军的女性。在我看来,她们都是了不起的女性。

也正是因为无数如她们一样了不起的人,克服了千辛万苦,才解放了全国。

003

## 陪伴妈妈上大学

全国解放后,与妈妈一行的女兵响应党的号召陆续转业退伍,爸爸则继续跟随解放大军转战于南方其他的城市。

也是这一年,国家正式恢复了全国统一考试。

退伍后,妈妈卸下了腰间的腰鼓,投身于全国高考的大军里。

虽然出身于贫苦家庭,但妈妈并非大字不识。在早年,她也是接受过良好的教育的,姥姥和姥爷更是供她读完了中学。那个年代,因为生活的缘故,身边多是不识字的人,但妈妈是幸运的一个,读书时她的成绩也是极好的,还写得一手好字。我说这话绝非作为女儿的夸赞,而是因为,如今的广州博物馆里收藏着妈妈的手书。

有一点,是我最佩服妈妈的,那就是,虽然有着不错的底子,但为了能在高考时取得好成绩,她依然踏实勤奋地学习。人勤可补拙,更能使得人往更高处走。妈妈的努力,换来了极好的回报。当年的高考,她以位列全国前几名的好成绩被北京大学录取了,就读中文系。

那时,妈妈虽然还是个准大学生,实际上已经和爸爸结婚了,等她考上北大的时候,已经怀上了我。而我就出生在妈妈于北大学习期间,成了陪伴妈妈上学的第一人。

用我妈的话来说,我是先上的大学,再上的小学。

怀着孕还要兼顾学业的妈妈很辛苦,那会儿学业本就紧张,还得每天挺着大肚子,在学校宿舍的上下铺爬上爬下,身边更无家人的照拂,吃喝方面更是与常人无异。

就这样,妈妈怀胎十月,我来到了人间。

我出生的当天,爸爸打来电报,电报的内容言简意赅,问:是男孩儿,还是女孩儿?

妈妈并没有正面回答,而是更加极简地回复道:男女请猜?

两人心有灵犀,爸爸看着那四个字,高兴至极,当即就说："喝酒！"据说，自打妈妈怀孕之后，爸爸便心情甚好，没事儿的时候总爱小酌几杯，我却以为，他喝酒，一方面是因为为我的到来高兴，另一方面，是可以聊解与妈妈两地生活的苦闷。

即便到了当下这个年代，异地恋仍旧是很热门的感情议题之一。而在我看来，他俩绝对是异地恋中最成功也最幸福的一对。

那会儿，妈妈在北京上大学，爸爸呢，则留在广州军区工作。两人身处两地，各自忙于人生的课题，很少能有机会见面。正因如此，对于妈妈怀孕后的一切事宜，爸爸都是通过妈妈发来的电报上那些简短的字句了解的。那会儿与当下自然比不得，发电报还是按字收费，于是人们讲话也都言简意赅，意思到了，心也就安了。

时间煎熬着这两个人，依然过得很快。转眼，妈妈就到了临盆的日子，于是，一个新的问题又来了。

爸爸记得妈妈生产的日子，但是当时苦于要为工作奔波，这意味着，他根本无法抽身到北京陪产。至于那天他是如何在焦急的状态下度过的，无人知晓。我无数次猜测，也许他在百忙之中等着一份电报，哪怕内容简单只是短短几个字，也好过他对一切毫不知情。

即便我有一个作家父亲，但我想，对于擅写故事的他而言，肯定也从未想过，自己的女儿竟然会出生于北京医学院第三附属医院的一个标本室里。

没办法，妈妈那时候作为一个在校的大学生，身边没有亲人可以为她安排住院生产等事宜，所以到了临盆的当口，由一个好心的同学把她送到了医院。无奈妈妈的情况紧急，当时医院唯一可以作为临时产房使用的，只有那间标本室。就这样，妈妈被医生推进了那间标本室。

很多年之后，妈妈同我说起此事时，她说，当时只觉得疼痛极了，什么都顾不上了，也就不觉得房间里那些装在罐子里的人体标本吓人了。

我出生时，爸爸还在广州，身为人夫人父，未能第一时间看上妈妈和我一眼。而他与妈妈，也只短短相处了一天。

那时妈妈才刚入大学不久，这意味着她根本没有工夫坐月子，更无暇抽出时间来亲自照顾我。于是，生下我的第二天，妈妈即便再不舍，也只能忍痛让姥姥从天津赶到北京将我接走了。

就这样,尚在襁褓中,我却没有机会与父母在一起生活,更未曾吃过母乳。

## 004

## 灯火闲坐，家人可亲

记忆中的妈妈是简朴而美丽的。

毫不夸张地说，妈妈年轻时，所有见到过并与她接触过的人，几乎都会被她的美貌所吸引，继而又会被她独特的魅力所打动，均能由衷地夸赞一句：她真美！她为人真好！真善良！

妈妈"走"后，人生这条长河将我与她永久地隔开了，我在此岸，而妈妈在彼岸。透过人生的长河，我才忽然意识到，妈妈的一生，把所有的爱都给予了爸爸，给予了我们，唯独忽略了她自己。最终她将自己最美丽的年华耗尽，消逝在了岁月的长河中。

打从我记事开始，妈妈就是留着一头短发，每日都梳得整整齐齐的。我甚至从未见她穿过一件像样的衣服，佩戴过一件首饰。她总是把自己收拾得整洁干净，身上穿着的衣服也好、家里也罢，永远都是一尘不染。

记忆中，家里的活儿基本上都是妈妈操持。家里的大小衣服、床单被褥都是她手洗，夏天时节尚好，最难熬的是冬天，即便水盆里兑了热水，一双手仍会冻得通红。那双原本纤细好看的手，因为常年劳作的关系，手指的指关节变得很大，后来，手指也慢慢变形了。长年累月如此下来，妈妈因此落下了风湿的毛病。

因为当时未能得到很好的治疗，所以一遇南方阴雨连绵的天气，妈妈的手时常就会疼痛得不能自由弯曲。

记忆中，妈妈做的清炒蘑菇是最香的。

每年三月，正是南方新鲜蘑菇上市的季节，这时的蘑菇正鲜美。集市上常有一种蘑菇包售卖。所谓蘑菇包，就是没有长开的蘑菇，通常价格都很便宜。妈妈每次从集市上买回来蘑菇包之后，都会一芽一芽将蘑菇撕开，再泡在水里洗得干干净净。一切准备得当之后，妈妈便热锅添油，烹饪时通常只使用一些简单的作料，一盘清炒蘑菇便完成了。别看做法简单，即便到现在，再回忆起来，我仍会觉得妈妈做的清炒蘑菇奇香无比。妈妈从来不着急动筷，总是要等我们吃饱了、吃够了，她才会吃。

平日里一家人围坐在一起吃饭时，妈妈用筷子夹菜总要抖几下，为的是把肉和好吃的菜都给抖下去。即便是她夹了点儿菜，也会把那点儿菜放在米饭的最上面，只吃下面的饭。

通常大家提醒她吃菜时，她总会笑着说："我这里还有很多，我吃着呢！"

她总是想着把菜留给我们，自己却用菜汤泡饭吃。现在想起来，我真是很懊悔！为何那时我会那么不懂事？为何当时不让妈妈再多盛上点儿，让她也能多吃上几口？不过，现在再也无法弥补这一缺憾了。

一想到妈妈啊，总能想起她那柔和的眼神、清瘦的身影。

妈妈"走"后，我常常会想起她来，而最常浮现在脑海中的一幕，便是每当我出差去外面工作离家时，妈妈都会站在门口，或站在小路上送我。每每我回头望去，都能看见妈妈那清瘦羸弱的身影。她那丝丝缕缕的白发在风中飘动着，她那一再向我挥动着的手臂会一直挥着，直到看不见我时为止。我的心顷刻就会一阵阵发紧，时不时眼泪就会在我转过身时落下来。

而这些，后来也成了我的习惯，每逢远征外出工作时，我都会目送他离开，至今这一点我从未改变过。

记忆中的妈妈很有才华，不但字写得漂亮，文章写得也很好。

作为剧作家爸爸背后的女人，在那个没有电脑和打印机的年代，妈妈就是爸爸的电脑和打印机。爸爸后来创作的所有剧本、小说文稿的修改、抄录和校对，都是由妈妈一人完成的。但妈妈从未署过名，也从未向别人提及过。

看着妈妈辛苦抄录文稿的身影，我不仅感受到了中国妇女那种克勤克己的优良品质，仿佛还触摸到了蕴含在妈妈身上的、独属于中国女性的那种贤淑和美好。

后来，她还与我的父亲一起合著了一部反映女性题材的小说，也就是《姐儿俩》。我相信，要是后来的时间和条件允许，妈妈一定能创作出更多更好的文学作品。

**005**

## 守护妈妈

时光流逝,我长大了,妈妈却开始饱受老年病的困扰。

记得有一年,妈妈不慎摔断了股骨头,我接到爸爸从广州打来的电话后,第一时间便赶了回去。待我赶到医院时,我看到妈妈挤在一个七八个男女混住的病房里。她看上去憔悴极了,躺在靠门边的病床上,被从门缝里透进来的寒风吹得瑟瑟发抖,当时的我只觉得心都要碎了!

我发疯一般地跑去各处联系能为妈妈做手术的大夫。幸运的是,我的朋友们和曾经的战友们纷纷向我伸出了援手,这也使得我在到达广州的第二天,就成功为妈妈安排了手术。

看护妈妈的保姆无限感慨地对我说:"姐姐,你回来了真好！你回来了，遇到问题我们就有人商量，也能想办法去解决了。"听到此话，我十分心酸，泪水也随之落下。

我回来后才得知，自打妈妈住院之后，碍于男女混住的不便，加之腿疼的缘故，她整个人动弹不得，就连如厕都十分艰难。这也直接导致后来妈妈肚子胀得很大，生命垂危。

在我的再三恳求和软磨硬泡下，大夫这才对妈妈的这一问题给予了治疗和解决。

妈妈做完手术后，因为身体过于虚弱，被安排住进了特护病房。手术结束了，但她还未从麻醉中醒来，而我唯一能做的，便是守候在她的身边。到现在我仍记得，因为担心妈妈醒不过来，有好几次我都没忍住用手指轻轻翻着妈妈的眼皮以确认她的状态，并一直在她耳旁轻声呼喊着："妈妈，你要醒来！我就在这里等着你醒来！你一定一定要醒来！"那短短的几个日与夜，变得尤为漫长，如今再回想起来，真不知道当初自己是怎样度过的。

好消息是，手术过后，妈妈的伤情以及身体的指标状况开始好转，脱离危险期后便又转回了普通病房；坏消息是，因为工作，我不得不放下仍需人照料的母亲，匆忙启程返回北京，继续参加剧院的演出工作。

回北京的路上,我的心情尤为复杂,每当闭上眼时,眼前浮现的都是妈妈躺在病床上憔悴的模样。也是在那个时候,我忽然就体悟到了,妈妈一人在北京求学而无法照顾我时,怀揣的应是怎样的心情。

在之后的若干年中,不可避免地,妈妈又先后发生过几次严重病危的情况,而每一次,我都会尽力争取在第一时间赶赴她的身边。除了联系安排医院之外,最紧要的就是拼尽全力为她找到好的大夫,千方百计地救治她。

要说没有遗憾,自然是假的,这漫长的一生当中,谁人敢说自己是没有一点遗憾的?我不在他们身边的日子,妈妈日渐老去。因为长期受到老年病的困扰,她的记忆也大不如前,她只有在很偶然的间隙里,才会想起我是谁,并唤上一声我的乳名:京京。尽管时间短暂,只要她还没有完全忘记我,能够想起我是谁,就足以令我感到欣慰了。

## 006

## 比海更深

  2017 年，我们流着泪送别了爸爸。鉴于妈妈当时的身体状况，我们没敢告诉她爸爸去世的消息，直到她离去的那天，她都不曾知晓。

  妈妈"走"后，我总会不自觉地想，在生命的最后一刻，妈妈会想些什么呢？她会想起爸爸吗？会想起那个曾被她抱在怀里，被爸爸说只看得到黑黑的瞳仁、看不到眼白的大眼睛，还长着鼻孔朝天的翘鼻子，被姥姥说到了下雨天鼻子得盖上盖子，才不会漏进雨水来的小姑娘吗？会想起她时常俯下身亲吻的那张如缎子般的小脸蛋吗？会想起她深爱的女儿京京吗？

  然而，答案已无处可寻。

如今，妈妈已摆脱所有的病痛，不管眷恋与否，她业已抛下尘世间所有的纷扰，永远地"走"了！我想，她应是，也定是飞往了天国，去寻觅她心心念念的我的父亲，却也留给了我无穷无尽的哀伤与思念。

彼时，我童年的粉色梦虽早已离我远去了，但妈妈留在我心中的歌，将会永远唱响。那独属于我的歌声中的一词一句，都是妈妈给予我生命的证据，是妈妈教育我长大的印记，也是妈妈在我人生最艰难的时候鼓励我，给予我最大的温暖和安慰。

妈妈虽然"走"了，却用她的一生让我明白了：母爱，是春光里的温暖；母爱，是暮光下的絮语。而母恩，比海更深！

妈妈的爱永远是儿女的天堂，而这份爱也将深存于我心，伴随我直到永远。

愿我心中最美丽的女人、我最爱的妈妈安息。

我爱您，妈妈！

天堂电影院

001

## 天国的剧作家

人生,就是一个不断做选择的过程:有些选择无足轻重,不足以给我们的生活留下什么印记;而有些选择能在人的心里留下一个结,永远盘踞在记忆里,让人余生都难以释怀。

于我而言,2017年1月28日10:09分,这个春节、这个时刻,我所做出的那个抉择大概是一生中最遗憾、最残酷且最痛的。

那一天,我的父亲驾鹤仙去,永远地离开了。

遗憾的是,当时的我正在准备出演话剧《日出》。接到这一消息时,我整个人几近崩溃,然而,因为没有B角可替代演出,于是,为了戏剧,为了不让那一千多位买了票的观众失望,也为了多日一起努力排练的同事们，最终我只能选择强忍悲痛如常登台演出。正是因为如此，我没能送父亲最后一程。

作为女儿，我知道自己的这一选择可谓非常残忍，甚至可以称得上自私；但身为演员，我始终记得，戏比天大，而面对观众时，忘掉"小我"，才是一个演员的自我修养和天职。

我虽遗憾，却不觉得愧疚，是因为我心里万分清楚地知道，对艺术有着同样追求的父亲肯定能理解我，也不会责怪我没能立马回去送他。只是，每每夜深人静，想起父亲时，我的心中依旧充满悲伤。

在我的心中，父亲似一座高山，似一棵参天的大树，又似一条汹涌澎湃的大河。山，令我倚靠；树，令我在大树底下好乘凉；河，则是我永远饮不尽的甘泉。但父亲"走"了，山不见了，树轰然倒下，河流也随之枯竭了！

说起来，这一切虽不是发生于瞬间，而我对父亲的病情也早已有了思想准备，可听到噩耗的那一刻，我的心还是不可避免地碎了一地。

我忽然想起小时候来，想起父亲给我讲他电影剧本里的故事，想起我爬到他书桌上翻看剧本的场景……时间如筛如梭，这一切却仿若发生在昨天。自父亲离开之后，所有的记忆却日渐清晰起来,那些与他有关的岁月，都在证明着一件事:我是那么渴望再次触摸到父亲温热的双手，那么怀念父亲讲述的故事！

可我又深深明白，相聚的时光终究太短。

也不知道在没有疾病、没有纷争的天国，父亲还在续写他精彩的电影文学剧本吗？

我想，一定是的。

我的父亲啊，写了一辈子的故事，而如今，就让我把他的故事落笔成字，让他永远留在这有爱的人间吧。

002

## "岭南伯爵"

我的父亲英俊、耿直、善良。他是中国著名的剧作家、军旅作家——梁信,人称"岭南伯爵"。他的作品名扬天下,广为流传,更是被拍成电影、电视剧、京剧、歌剧等等,不计其数。

这其中,父亲的代表作《红色娘子军》最为经典。

电影《红色娘子军》播映那年,就荣获了第一届大众电视百花奖最佳故事片奖,在第三届亚非电影节上获万隆大奖;而根据父亲创作的《红色娘子军》改编的芭蕾舞剧,历经大半个世纪,至今仍在上演。一生挚爱创作的父亲,也于2016年荣获第33届金鸡奖终身成就奖。

在很多人的记忆里,也许我父亲是一个自带光环的老艺术家，我却窥见他光环的背面，也因此知道他一生的不易。

1926年的春天，父亲出生在吉林扶余的一个贫苦家庭，用剧作的方式简单概述的话：他要过饭，当过学徒，扛过大包；后来参军，经历过解放战争，也去广西十万大山剿过匪。在战斗中九死一生，腿负过伤，差点儿就牺牲了。

我写下的可能只是几行字，实际上，它是我父亲坎坷的人生。

也许正是因为父亲的这些经历，才造就了他笔下那些栩栩如生的英雄形象，并成为世人的精神财富，为无数的后人所敬仰、所传颂。

战争结束后，父亲便留在改编后的广州军区创作组工作，自此定居广州。

父亲不着军装时，喜欢穿白色的衣服，加之他少白头的缘故——据说他30岁左右就已白发苍苍——圈内的叔叔阿姨们送予他"岭南伯爵"的美称。

父亲平日待人接物都是举止潇洒，谈吐间尽显文人墨客的风范。

他虽出身贫苦，没上过什么学，但参军后凭着自身的刻苦努力，以及他在写作上的天赋，很快就在文学创作上初露端倪。他的文笔流畅、质朴，具有民间快板书的特点，因而他的作品读起来脍炙人口。

父亲十分擅长写大部头、史诗般军旅题材的电影剧本。

在二十世纪七十年代末到八十年代中后期，他相继完成了《南海长城》《从奴隶到将军》《风雨下钟山》等电影文学巨著。除电影文学作品外，父亲还创作了多部长、短篇小说以及散文等文学作品。在我看来，他是极为多产的作家之一。

二十世纪八十年代，父亲还是最早代表中国电影代表团出国访问的成员之一，出访过日本等多个国家和地区。也是在这一时期，他最具代表性的大型历史电影文学剧本《赤壁之战》诞生了。很可惜，在他有生之年，因为资金等问题，最终未能投拍这部写得非常精彩的作品。

父亲虽然"去"了，但我一直以为，他所遗留下来的这些跨时代作品，对于全社会来说，都是极为宝贵的精神财富。他一生都笔耕不辍，他的努力、他奋斗的精神也将永存我心。他是我永远的榜样。

003

## 父爱如山

"要咬紧牙关往前走,记住!你的身后一步退路都没有。"

"爸爸爱你!依然如你在婴儿时期。"

时至今日,每每遇到困境,父亲的这两句话都是支撑我走下去的精神支柱。若说父亲对我的影响,三言两语似乎很难讲清楚,脑海中不时闪现出的,都是与父亲相处的细枝末节。

记得小时候父亲很少在家,总是出差、下乡生活、写东西,而我也早已习惯了和妈妈一起等他回家。

印象里最深的,是有一次父亲结束出差回来时,不仅给我带回了好吃的饼干,还给我买回了好看的衣服。那件漂亮的红色大衣,还有那顶小帽子和那双小手套,真是令我欣喜万分!

在我们家，除妈妈之外，我是父亲的第一读者。

我还没有桌子高时，已然会爬上桌子去翻看爸爸的作品了。在我还不怎么识字的年纪，父亲一有空就会将我放在他的膝盖上，抱着我读他的作品给我听。尽管当时的我实在年幼，有许多内容我还听不明白，父亲绘声绘色的讲述还是会令我非常着迷，我总是会不断地央求父亲将某一个故事讲了又讲。

我的名字是父亲取的。

小时候，家里人都叫我京京，父亲说那是因为我生在北京。后来，到上学的年纪了，父亲又为我取名为丹妮，而姓氏也跟着改成了他的笔名的姓氏：梁。丹，是红色！妮，就是女孩儿，北方人就喜欢叫女孩子为妮儿。梁丹妮，即红色的、漂亮的女孩儿。

作为军人家庭，在家中，父亲是绝对的"军士长"。他下达的"命令"，我们必须绝对服从，但他又总是会对我网开一面。

在我人生的各个阶段，无论是早期参军、拍电影、退伍、找工作，还是我的婚姻困境，只要我遇到挫折和磨难，父亲那双大手就像是始终在我的背后一样，一直坚定地推着我、保护着我前进，在必要的时候，又会温柔不语地撑着我。

如果说，母爱细腻温柔如水，那父爱，则是沉默坚挺如山。

父亲教会我的那种对人生、对处理人世间事务的抉择和果敢，足以让我受益一生，正是因为他，我才真正成了那红色的、漂亮的女孩儿。

004

## 隐居山中

父亲晚年退休后,带着妈妈在偏僻的山中过起了几乎与世隔绝的生活。

其实,我一直不能理解父亲这样的选择。

因为晚年的他们腿部都有疾患,早已不便自己行走。而早期的干休所在白云山的半山腰,虽远离喧嚣,空气清新,可没有一个亲人在身边,交通也极为不便。在那样的环境下,他们又怎能安享晚年呢?

我曾多次恳求他们随我一起来北京定居,甚至连房子都给他们腾好了。可父亲执意不肯,多次恳求无果之后,我也只能作罢,选择尊重,让他以自己的方式和选择度过余生。

直到后来我回家探望时，才发现他们的生活品质其实并不好。奈何我在北京，与他们相隔两千多公里，鞭长莫及，尽管我已想方设法帮他们改善生活，可也不及他们在我身边照顾得那般周全。

远离了人群，日子是清静了，可随着年岁的增长，他们的精神状况也开始日渐衰落。

最先是妈妈的精神状态不太好了，之后接着的便是父亲，同时，不容忽视的是，他们的身体状态也开始变得越来越差。

父亲生命中的最后半年是在医院度过的，最终也没能出院与妈妈团聚。

作为家里的主心骨，父亲倒了，家也就跟着乱套了。

我回家接替父亲处理家中的一切事务时，方才深切体会到父亲的力量，以及他们这些年的难。

我也终于清楚地意识到，如果有一天父亲不在了，那么，我的心里自此就空了一块。

即便我无数次恳请大夫们救救我的父亲，希望能通过医学的手段尽量使他恢复健康延长他的生命，可天不遂人愿。

父亲的状况甚至差到连金鸡奖的颁奖现场都无法出席，最终只能由我和远征代为领取那份属于他的荣耀——金鸡奖终身成就奖。

我和远征哽咽着、泪崩着接过属于父亲的奖杯后，急匆匆赶回广州。

当我把奖杯捧到父亲的病榻前，他眼中闪烁的泪光，耀眼而又令人心酸。

自那以后，父亲的身体神奇般地好了一些，原本不能转动的头竟可以自主地转动了。

看到此情景，我兴奋不已，以为父亲又一次战胜了病魔，而我也从死神手中又一次唤回了父亲。我天真地以为，他还能再好好地看看这个世界。

可命运弄人，最后父亲还是没有因我的不舍、我的努力以及我的呼唤而挣脱死神的召唤。

如今父亲离开我已有五个年头之久，而我也早不是当年那个坐在他怀中听他讲故事的小姑娘，今已亭亭，无惧亦无忧。

每每想起他时，总还有许多悄悄话想要跟他说。

我想问问他，您在天国还好吗？妈妈也去陪伴您了，你们二老能在那里续写你们的爱情，续写你们半个多世纪以来曾经度过的那些美好时光，能在那个有无数天使陪伴的天国结伴飞翔了。

而我呢，一点儿都不会怪你们丢下我一人在这红尘里，因为我再明白不过，即便天人永隔，我仍会永远永远怀念你们，怀揣着你们给予的爱继续走下去！

两次重伤

001

## 演员的生活

我喜欢站在镁光灯下,更享受在镜头前如梦似幻的感觉。

这也许是因为我刚进入这个行业,接触的就是电影的缘故。

我常常陶醉于对角色的创作中,对我而言,每一次的出演,都是在体验、经历一种完全不一样的人生。在那其中,我会忘却疲惫,忘掉所有在拍摄过程中遇到的危险。每当听到导演在现场喊出"预备开始"的时候,不管前面有无危险,我都会毫不犹豫地冲过去。

常有人问及我:"你不怕吗?"

我回答道:"忘了!"

当演员投入了角色,便已顾不了其他。实际上,脱离了那个情境,回头再看那些危险时刻时,当然也会后怕,但我又明白,这是我选择演员这个职业应该承受的风险。

夏战三伏,冬战三九,是一个演员的常态。

在演员的工作日志上,没有法定的八小时工作时限,没有节假日,也没有春节。更有甚者,有时候为了赶场景赶戏,连轴转二十四小时,甚至四十八小时都不是问题。

三伏天穿着厚棉衣,戴着手套、围巾、帽子在铺满化肥模仿雪地的路上奔跑,热得喘不上气,地上的化肥无情地飘进嗓子里,导致嗓子发炎红肿、身体发烧,都再正常不过。

冬天零下十几摄氏度拍炎热的夏天的戏,穿着薄如蝉翼的衣裙在寒风中抖动;为了让自己说台词时嘴里不会吐出哈气,顶着寒风吃冰棍喝冰水;哪怕生病了,只要人还能站起来,就会去现场拍戏:这是我们习以为常的生活。

记得多年前我参加古装神话剧《观世音传奇》的拍摄,不巧赶上了隆冬季节。我们穿着仙气飘飘的轻薄的宫廷装,看上去美极了,真实情况却是,因为天气实在寒冷,有几个在片中饰演小公主的小演员都冻哭了。

我当然不能跟六七岁的小演员们一起哭,在片场拍摄多年,再恶劣的场面我也经历过，隆冬时节穿薄纱材质的服装是常有的事，这些我早都习以为常了。只是，那次拍摄结束后，我也因此生病了。那段时间，我整个人都在不断地发烧，甚至诱发了严重的颈椎病，导致那段时间我的脖子一直没有恢复如常。

巧的是，那一年我正在剧院里演出话剧《古玩》，我在其中饰演的角色是妓女"水珠儿"。尽管我已经万分注意仪态，无奈因为颈椎病，演出过程中我只能一直歪着脖子演。同事们还调侃道："哈！歪脖妓女！"

2017年，我在横店拍摄网剧《花落宫廷错流年》时也正值三伏天。冒着35摄氏度以上的高温，身上套着一层又一层的古装衣服，裹上毛领子，顶着十几斤重的头饰，踏进生着火盆的拍摄现场，毫不夸张地讲，拍摄现场简直如同桑拿房一般。

与现代戏不同的是，古装戏的服装极为讲究，量体裁衣都是可丁可卯的，这意味着，演员是没法在里面套水衣的，同时，也直接导致多次拍摄结束后，外面的衣服吸饱了汗，很难脱下来，每次都是两个工作人员帮着使劲拉扯衣服，耗时很久才能艰难脱下。

那段时间，早上五点起来化装，拍到第二天凌晨四点是常事。有时拍到晚上九点钟左右，人就已经累得似喝醉了一般，脑袋断片了，什么都想不起来。我跟导演说："不行了！我太累了！明天再接着拍吧！"导演也会很为难地劝说："咱们要赶景，姐，你就再坚持一下吧！"

就这样，即便人已经累得浑浑噩噩，但为了剧组的正常拍摄工作，只能咬牙坚持着。我发现，一旦熬过两小时后，就开始觉得似乎超越了自己的极限，人又变得清醒了不少，顺利拍完了当天的所有戏份儿。代价自然是有的，第二天累到我只能扶着墙走路。

身为演员，拍戏就是这样，一旦进入剧组，全部的时间都是由剧组安排，完全没有自己可控的时间。有你的戏就不能休息，这是演员的生活，也是一个演员该有的职业素养。

许多人觉得，演员是一个光鲜靓丽的职业。

没错，它的确是一个有机会头顶着五彩斑斓光环的职业，但它真没那么容易，这看似光鲜、闪耀的背后，往往需要付出巨大的努力，同时还要经历许多不同寻常的困难。

那些拼尽全力努力的演员，其实都是以流血流汗作为代价的。没日没夜地工作，使得许多演员处于亚健康状态。只要戏能成功，所饰演的角色能得到观众的好评，那些付出与努力也都变得值得，那些辛苦也都在瞬间化为乌有。我相信，这种感受每个演员都会有。

002

# 两次重伤

在我看来，身为演员，最有趣的便是能够体验很多与真实自我完全不一样的人生，但因此也会有诸多危险，在拍摄过程中多多少少会受些伤。

记得早年间，我拍摄电影《漓江春》时，就因在高烧的情况下还坚持拍戏，整个人头晕目眩，结果从一匹烈马上摔了下来，腰部重重地磕在了布满石子的地上。当马蹄从我头顶上飞过去的那一瞬间，我的大脑才稍稍清醒一些，霎时感受到了腰部剧烈的疼痛。

一阵眩晕之后，我稍稍睁开眼，看到身边围着一群人，他们大声地呼叫着我的名字，我立即起身坚持继续拍下去。

可到了晚上，我整个人就不行了，体温更是达到了体温计的顶端，下身排出的已分辨不出是血水还是尿液，总之，完全是血红的一片。

被现场的工作人员送到医院进行抢救后，医生给出了确诊结果，是肾挫伤，已出血三个加号。

后来，大夫告诉我，就是这么一摔，我的肾险些就要被颠碎了。好在那时的我还很年轻，在医院里过了三天不吃不喝、全靠打点滴的日子。

那次受伤，我一个人住在医院，身边没有家人照顾，剧组的同事亦都在赶着拍摄，也就无人来探望我。

如今再回想起来，仍觉得那场景甚是凄凉，让我一度感觉自己像是被丢弃了一般。

果然，人在生病住院时是最孤独的。

不过也算幸运，同病房另一个病友的女儿，看到我无人照应，在我打点滴的那三天，总是好心照顾我、帮助我。直到现在我还能清楚地记得小姑娘为我忙前忙后的样子，真是无比感谢她，在我无助时给予我温暖，让我知道这个世界总是温柔的。

三天后，我起身从镜子中看到自己，人竟然瘦了一圈，虚弱到举步上一级小台阶都差点儿摔倒。

如今，每每说起这段经历，还是会让家人朋友们很是后怕，引得许多人咋舌。

还有一次严重受伤是在2007年，也是在拍摄时意外被撞伤了，我腰部左侧的一块骨头直接被撞到骨裂。

大夫要求我一定不能再继续拍戏，必须卧床休息。

制片方也体恤我的伤情，建议把我未拍的戏份儿全部删掉。

而我呢，经过深思熟虑后，觉得既然出演了这一角色，不管出于什么原因，为了角色的完整性，都不能放弃拍摄。最后，在我的坚持下，制片方同意了。

就这样，我每日忍着剧痛到现场继续拍摄。

我坚持了两个月，直至最后一个镜头杀青才离开了剧组。

我们那一辈的演员就是这样，只要还能动，就不想因自身原因而耽误戏、耽误角色。

同样地，远征有一次也是因为生病，休息又少，加之出现了误诊的情况，结果就是抢救了五个小时才转危为安。

那一次真是吓坏了我！确实是太危险了。

虽然这个行业有难也有苦，但我们始终都很热爱它，也心甘情愿为之奋斗。

尤其是从十年低谷中挣扎出来的我,更是信心满满,相信自己的坚持与拼搏,终会迎来令人欣喜的成绩。

穿越死亡隧道的婚姻

001

## 穿越死亡隧道

"别野了！该找对象了！不然你就成老姑娘了！"

25岁那年，我还未婚。说起来，时代虽然不同，但那时的我和现在一些未婚姑娘的处境是非常相似的。

在我看来，到了一定的年纪不结婚，其实并非一件错事，毕竟，恋爱从心，婚姻更是如此。但平时仍少不了会被人指指点点，有人说我是老姑娘，也有人恶意揣测我的身体是不是有什么问题，更有人说，如果她身体好好的，怎么就不着急找对象结婚呢？

说没压力，自然是不可能的，就这样，在舆论压力下，我走入了第一段婚姻。那时年轻，不懂爱情，致使这段看起来貌似精挑细选的婚姻变成一段拧巴又纠结的经历，也成了我心中难以言喻的伤疤。

说起来，我们的故事开始也可以称得上是美好的。那时，他热烈地追求我，而我忙于拍戏，一开始对他并没有那么多关注。

电影《漓江春》算是催生了这段姻缘。

那时，电影《漓江春》剧组在北京筹备，我参与配合选拔其他演员的工作。那个时候的剧组，完全不像现在，并不会给演员安排宾馆住宿。我到北京之后，剧组把我安顿在一间没有暖气、没有卫生设备，条件较差的民房里。

身为演员，我始终觉得，无论条件如何，都应接受并克服，这是身为一个演员的天职。但生活不会因为你的热忱就缺少意外。

到了北京之后，我便真切地感受到了北方的寒冷。那会儿的条件远不如现在，更没有暖气一说，人们取暖靠的都是自己在房间内生煤炉子。

而我这个在南方长大的女孩儿，根本不会用煤炉，结果就是，因为缺少经验直接导致了煤气中毒。

那是一天上午，我有些感冒发烧，回到所住的房间后，整个人头昏脑涨的，于是忘记了要盖上煤炉顶上的盖子，直接躺下便入睡了。那一觉睡得昏昏沉沉的，感觉自己在一个伸手不见五指的黑暗通道里前行。

过了好久，在睡梦中，我似乎听到有好多人在叫我，还有人在推我。虽然有意识，但我就是睁不开眼睛，也发不出声音，更是动弹不得，只能拼尽全力地点点头，表示我已经听到他们的呼喊了。

又过了好一阵儿，我终于走到了那黑黑的通道尽头，眼前的光也一点一点地亮了起来。我奋力睁开眼睛，映入眼帘的是众人围在我身边，正急切地喊着我。

这件事情过了之后，我才知道，原来自己经历了一次人们所说的穿越死亡隧道。而在我生命垂危的紧急当口，恰逢他中午过来探望我，发现了我中毒的情况，便急忙找来同事将我送至医院，我这才转危为安。

人在鬼门关前晃了一圈，除了更加珍惜活着的美好，再就是，学会了更加珍惜眼前的人，尤其是他。

在我生死未卜之际，是他赶来，并守在我身边，大概就是因为这件事,我对他萌生了许多好感。那时的我,感性地想:也许这就是上天的指引吧!

就这样,没过多久,我就这么做了个决定——嫁给他。

## 002

## 进入婚姻的围城

后来回想起来,我会觉得这个决定太仓促了。

说到底,婚姻哪有我想的那么简单。

婚姻,必须落到一饭一蔬,落到朝夕之间,而好感只是决定一段情感开始的基础。那些好感之外的东西,才是最为重要的。也就是说,只有落实到鸡毛蒜皮,进入日常生活,你才能真切地知道,你与一个人能够走多远。

我从没想到,我们之间很快就出现了不和谐的状况。

身为演员,平日里出入不同剧组,跟人打交道十分平常,但他似乎对这件事特别介意。尤其是,但凡我跟一些男同事讲话,往往都是一些再寻常不过的交流,可到了他那里,就全成了问题。为此，我们两人没少闹矛盾，他持理解态度，但接受度并没完全打开，占有欲总是高于理性，于是，两个人常常为此发生争执，而他总会在争吵过后进行冷暴力。

虽有争吵，但那个年代的人也总是会想着要将日子继续过下去。

那时候，我的收入就是家庭的主要经济来源。我不是去剧组拍摄，就是参加一些小演出，在外工作的时候，也是我自我修复的时候。

就这样，在不和谐与争吵不断中，我们的婚姻也算平稳度过了五年。

结婚的第五年，他提出要去日本留学。

身为妻子，对于他的这一想法，我自然全力支持。同时，这也意味着，他留学需要支出的那笔昂贵的费用将要由我来负担。

我那时的工资为每个月80元钱，转业时还领了一笔近千元的转业安置费。婚后，除了吃穿用度所需的开支，我都存了下来。就这样，我把自己多年的积蓄全都给了他，送他去了日本。

虽然说，那个时候，我们之间的裂痕已然很深，但不可否认的是，两人仍处在婚姻这座围城中，对于他的离开，我依然心生出一些不舍。

他去留学了，带走了我的全部积蓄，只给我留下了200元钱作为日后的生活费。

003

# 离婚

他这一去，又是五年。

那五年间，我独自过活，虽说工资不多，但加上平日里零散地拍一些戏，日子虽苦，到底也算是过下来了。

没结婚之前，我觉得婚姻是件挺容易的事儿，毕竟父母是最好例证。他们给了我不错的成长环境，忙乱中依然井然有序，但到了自己这里，才发现，生活真难，婚姻真难。

月薪仅有七八十元的我，日常里想得最多的就是，如何把这些钱合理分配，才能保证吃穿用度不愁。

那时候，我最乐于去单位的食堂里解决温饱问题，花很少的钱就能填饱肚子。但我又不是经常待在一个地方，因为职业的特殊性，我经常要去往外地拍戏，节衣缩食省下来的钱，全都贴在路上了。

那几年，忙着的时候还好，最怕的就是黑夜来临。

那五年里，每当入夜，我的心就似落入了谷底，最常想的一件事就是：也不知道这情景，何时才是尽头。

我在无望中挣扎着，不禁惴惴地想：这难道就是我所期待的理想幸福生活吗？

后悔过吗？

自然是有的。

尤其是一想到，当初的一个决定让自己陷入这样的境地，就更加后悔。

我是在那个时候忽然明白了一件事：一段感情也好、一段婚姻也罢，两者之中，最为重要也是人与人之间的关系中最不可或缺的，就是一定要保持平等的互相交流，还要给予对方充分的理解，两者缺一不可。

我也深深明白，一次心动、一场感激，不是步入婚姻的理由。

你遇到了一个人，你心动了，但是不要急于给一个结果。在此之前，你得先跟他相处上一段时间，毕竟人都是具备两面性的，你所看到的，并不一定就是对方最真实的一面。

尤其是，在一个特殊的时间节点，因为某一件事，你很容易就会错误地美化对方，这就是我们常常提到的冲动，又或者，是自己给对方添加了一层滤镜。

也是这个错误的决定，让我真正体悟到，什么才是所谓的婚姻。

未曾走入婚姻这座城池以前，我对婚姻有过太多的幻想，耳鬓厮磨、与子偕老是我对婚姻最理想的向往，可现实是沉重不堪的一击，轻易就击碎了我的梦。

## 004

## 梦醒了

"你呀！太傻了！你真的是太傻了！"

他去留学的五年间，这是对于我们这段婚姻我听得最多的感慨。

的确，是我太傻。

那五年间，身旁的人不断暗示我他外面早已有人，有人劝我离开他时，我还茫然不知所措，任由时光从身边悄悄溜走。

在他不断的电话威胁恐吓中，我宁愿被迫离开北京躲到广州父母身边，也不愿直面问题；明明已心如死灰，对他不再抱有任何希望，却还是没有想过要去主动结束这段已名存实亡的婚姻。

在内心的煎熬中，终于，我等到了他的一纸诉状发至广州，并急切地要求我在一个月内必须办好各项离婚的手续。至此，我才彻底与他结束了这段长达十年之久的婚姻。

还记得当时负责审理我这个案子的是一位面目严肃，但对我很和善的女法官，听罢我的陈述后，她无不体贴地寻问我有什么要求，让我均可以提出来。

她说她很理解我，也很同情我，一定会尽自己全力帮助我讨回一些什么。

我想都没想，就说："算了！我没什么要求，我不想给你们再添麻烦了。"

最终，法院判决对方支付给我一千元钱作为补偿，以及在我们婚姻存续期间留下来的那些旧的物品都归我。

我当然知道，这点财物已是女法官竭尽全力帮助我争取到的全部了，对此，我很感谢。

犹记得，法官宣读判决书时，他仍在国外，只有我一个人在场。至今我都说不清楚，当法官让我起立，为我宣读判决书时，我是何样的心情。

没有一点难过、悲伤，有的只是深深的一声叹息。

感叹于这段为期十年的婚姻，我的青春，我最美好的年华，以及作为女儿家所有美好的第一次，都给了这样一个人，白白付出了这十年的情感、十年的岁月。

离婚的那天晚上，我做了一个梦。

至今我还清晰地记得，梦中有一条大蛇，飞快地爬行着远去了。

大梦初醒后，我思索良久，哦，他属蛇。

他终于离我而去，我也由此得以解脱。

一转眼，这么多年便也过去了。

如今我已经很少再想起这段过往，我太明白，人生是要往前看的，谁都不是过从前的。不困于心，不乱于情，不耽于过往，如此才能更好地生活。

即便想起，我也已弃掉了从前与之在一起时徒生的那些情绪。如果不是他，不是那段过往，可能我永远都学不会在感情中要及时止损。

如今我已不再年轻，不惧怕更不羞于讲这些过往。

是因为我太清楚，人都将老去，但总有人正年轻着。

如果你正好读至我的人生故事这一小小的章节，我真切地希望，你能具备我当时所未曾有过的勇气，可以洒脱又勇敢地跟那些不健康、坏掉的感情及时说"再见"。

时光宝贵，别留给烂人，要和那个向上又值得的人共享。

Part two

2

一点甜

我是爸爸的大儿子

001

## 那声忘不了的"大儿子"

我虽生于一个不那么富裕的年代，但我的成长过程很是幸福快乐，因为我总是被父亲偏爱的那个小孩。

父亲是个会生活的男人，有一手好厨艺，平时要是妈妈不做饭，他就会露一手，给我们做他的拿手菜——熘肉片，爽滑细嫩，超级好吃。他每次都不怎么吃，总让我一次吃个够。

二十世纪八十年代初期，父亲作为中国电影代表团的成员出国访问。归来时，带回了一些当时非常罕见的小家电产品，他没有让家里其他人用，全给了我。

在那个我难以忘怀的特殊时期，我们一家四口天各一方。十三四岁的我被下放到围海造田的生产部队，妈妈在干校，爸爸在劳改场，年幼的弟弟在幼儿园无人照看。这样的日子持续了很长一段时间，等到云开雾散，父亲回来后最先见到的人是我。那天，他一只手拉着我，一只手抚摸着我的头，喃喃自语："大儿子！大儿子！"眼里泪星点点，充满了慈爱。

刚开始我还不太明白父亲为何叫我"大儿子"，我明明是大女儿啊！后来细想，父亲在那一刻如此叫我，除了对孩子浓烈的思念之情，更多的则是他对我的期盼，盼着我日后也能顶天立地吧。

002

## 走过荆棘密布的路

作为父亲的宝贝女儿,他对我的婚姻大事非常严格苛刻,当时很多前来提亲的人都被他婉拒了。尤其是我的第一段婚姻失败后,他对我的担心更是不言而喻,同时,少不了对自己的一些自责。

世间的事,桩桩件件,哪一样又是他能左右得了的呢?

那段长达十年的婚姻,由怀揣美好的愿景开始,以彻底心碎结束。

虽说结束于我而言实在是再好不过的一件事,但并非很快就能走出,人总需要一些时间,才能抚平内心所受的创伤。

刚离婚的那段时间,我整个人的状态都是极为不好的。人说，咳嗽与爱，无法隐藏，其实，说这句话的人忽略了一件事，那就是坏情绪。

爸爸爱我，胜过爱自己。在他的眼里，他总觉得，谁都配不上自己的女儿。只是没承想，自己如此珍视的女儿，第一段婚姻竟以失败告终，并且受挫严重。

那年，结束婚姻之后，我毅然决然地离开了北京，返回广州，与父母同住。

到现在，我都记忆犹新，离开北京回广州的时候，北京机场的广播里播放的那首歌——《再回首》。

再回首

云遮断归途

再回首

荆棘密布

今夜不会再有难舍的旧梦

…………

大概是这段歌词，太符合当时的心境，又或许，是因为当我离开时，只有远征去往机场送我，以至于这段唱词被我铭记到如今。

到如今，我仍能记得，那时候，我人朝着安检口走进去的时候，回头遥遥那么一看，远征就站在原地看着我的背影。而我原本纠结和挣扎的心，有那么一个时刻，忽然静了下来。

过去于我而言，就如同是一场旧梦，无论如何，我明白，我要以自己的方式跟它说再见了。

我以为，父母在侧，幸福环绕，那些伤心事便会随之而散，可人总是如此想当然，实际上，悲伤的情绪总会不请自来。

记得有次，我从北京回到家里，刚放下东西，坐在沙发上，也不知怎么回事，忽然就又想起了一些过往，人就这样轻易回到了悲伤的情绪里，最后夸张到忍不住失声痛哭。

等到我情绪稍微平复之后，这才发现，父亲竟然不知何时已经坐在了我的身边。

军人出身的缘故，加上那个年代的父母，向来沉默寡言、不善言辞，他们永远用行动表达自己的一切。

就这样，父亲静默地注视了我良久，我看着他无奈地在我身边转了又转。他那一声声叹息，让我知道身为一个父亲的难过与无能为力。养儿育女，不像军事化管理，他无法通过一个立正的指令，让我一颗破碎的心瞬间复原。

我原以为，对此，父亲会说一些责备的话，比如说数落我为什么当时不听劝，又比如会责备我就知道哭，但是他没有，他只是以自己的方式默默地陪伴着我。

我就在那个时候意识到，他是这世上比任何一个人都希望我能幸福、过得好的人，也是与任何人相比都见不得我遭受这般困境、经历这些折磨的人。他什么都不说，但是我明白，他是在责怪自己没能守护好我，更是在暗下决心，未来一定不让我重蹈覆辙。

**003**

## 再回首,终于幸福

有时候,我会忍不住想,是不是因为父母给我的爱太多了,所以,我注定无法在第一段婚姻中得到爱。

经历了第一段婚姻生活后,我整个人都处于恐婚的状态,虽然身边仍少不了一些人劝说我还是要再找个人,但我都不再像从前一样随波逐流了。

坦白讲,经历一次失败的婚姻后,我产生了此后不再结婚的想法,也确实如此坚持了下来。

第一段婚姻没有给我带来任何幸福的感受,我从中获得的更多是内心的恐惧与害怕,更让我怀疑自己是否能真正经营好它。那么,我能做的,就是不再去想它,才不会再重蹈覆辙。

当时，我和远征已经交往了一段时间。他很好，符合我对择偶标准的一切幻想，但内心里的恐惧始终没能完全消除。

尤其是那时的我，对自己离过婚这件事一直耿耿于怀，俨然成了一块心病。再加上那会儿我人在广州，远征在北京。虽说我能真切地感受到他对我的爱意，但我无法估量未来会发生的一切，生怕重蹈覆辙。

很快，我和远征恋爱的事，不可避免地被父母知晓了。

那时候，父亲忧心忡忡地问我："他太年轻了，还没结过婚，你确定你俩能走到一起吗？"

对于我和远征的恋情，最初的时候，父母一致持反对的态度。特别是在那个不盛行"姐弟恋"的年代，父亲害怕年龄差带来的种种不安，所以，当时妈妈还代表父亲写信劝告远征离开我。

直到现在，我都未能知晓，妈妈写给远征的那封信里，究竟写了些什么。

后来，我问过远征，那封信里到底都写了什么。远征说："能有什么？大概就是不让我跟你在一起，尤其是你之前受过伤害，担心会再遭遇一次。"

时间是最好的证明,是时间验证了我和远征的爱。

与远征的恋情被父母知晓后,远征第一次跟我提起了结婚这件事,但被我拒绝了。

拒绝是有原因的,首先,是过往对我造成的伤害,其次,我与远征是"姐弟恋",别说父母担忧,就连我自己心里都是惴惴的。

我决定与他谈一谈。

我跟远征说:"你应该找个年纪跟你差不多大的、比我小的姑娘结婚,并且,你得找个没有结过婚的。"

但远征选择忽视了我的提议,他认定了我。很久之后,看到我们过得很幸福,他们二老逐渐接纳了远征。

父亲步入晚年后,有时候,我和远征一起回家,他甚至会单独把远征叫到房间里。有一次,我在门外听见父亲老泪纵横、哽咽着跟远征说:"谢谢你对我的京京好!"

那入耳的苍老的悲切之声,听得我泪眼婆娑。

这如山的父爱,高得挺拔,也能低得脆弱。

这一生,我是何其有幸,遇见了这般疼爱我的父亲。他带给我的甜味幸福,胜过一切不幸遭遇。

小公主历险记

001

## 偏爱奶制品的小公主

中国人对于食物,历来都是带着丰富的感情色彩的。我们总会试图通过某种食物去回忆一个地方、一段时光、一个人……在我们的记忆里,总有某种食物寄托着某种情感。

就拿我来说,我一直都对奶制品情有独钟。

追本溯源的话,是因为我从小与父母异地相隔,完全没有喝过母乳,奶制品可以说是我幼时安全感的寄托,也是我对亲情强烈依恋表达的一个载体。就算到现在,只要我一看到白色的乳制品,还是会走不动道儿。

我刚出生的第二天,就随着姥姥去了天津,住在姨家。

那时家里条件并不好,一个家庭有多少粮食,都是按规定人口定量供应的，奶制品这样的东西就更难以弄到了。毫不夸张地说，我基本上是被姥姥熬的米汤和米糊喂养大的。爸妈偶尔想办法买来的奶制品虽然不多，却也让味蕾产生了记忆。

后来回忆那段日子，姥姥还说起，那时一旦我饿得哭闹，她就会嚼几口干棒子面和着她的唾液口对口地喂我，而我也吃得香甜无比。妈妈有机会来看望我的时候，看到这一情景多少感到有些不舒服，但看到我吃得很香甜的样子，也就作罢了！

和姥姥生活在天津，虽然极少能吃到奶制品，但那段记忆是那么美好。因为爱哭，把邻居家叔叔都给哭跑了，搬了家；因为姥姥的疼爱，在有限的生活条件下，我依然是小公主，在她温暖的怀里从婴儿长到了四岁。

四岁之前，与爸妈有关的回忆，在我脑海里几乎是模糊和空白的，甚至我都不记得自己到底有没有跟他们见过面，有没有依偎在他们俩的怀里撒过娇。

唯一印象比较深的，就是每次只要家里来了客人，总会有人逗我："爸爸呢？爸爸在哪儿？"

那时，家里有爸爸的照片，姥姥经常会告诉我那是爸爸，于是我就回答:"爸爸在照片里。"

他们通常还会问我另一个问题,那就是:"想不想爸爸?"

"想。"我记不起与他相处的有关细节,不记得他的声音,但我始终是想念着他们的。

成年后,尤其是现在,每每想起这些,难免会觉得有些遗憾。尤其是这一年多来我开始接触短视频后,每次记录一些日常生活的片段时,我都会想,要是我小的时候,家里能有一台摄像机就好了,那样的话,就能记下那些值得被怀念的日常生活片段了。

我四岁那年,妈妈从北京大学毕业了。毕业后,妈妈把我接到了广州。我们与爸爸真正会合,一家人终于得以团聚,总算是结束了聚少离多的日子。

回到父母身边后,生活条件自是好了些许,我也吃到了在那时无比稀罕的奶粉。

记得那时爸妈费了很大劲儿才给我买来一罐奶粉,因为来之不易,所以,妈妈每天给我冲一小勺喝完后,都会极其认真地把奶粉罐子收起来,放到我够不着的地方。

那时候,每每看到妈妈把奶粉罐子收起来,我都馋得哈喇子掉一地，内心里有股冲动，真想抱着那罐子再吃上几口！

终于有一天，爸爸妈妈都不在家了。我看着衣柜上方摆着的奶粉罐子，实在是忍不住了！于是，我将衣柜的抽屉一层层拉开，蹬着抽屉一节节地爬了上去，然后小心翼翼地把那个垂涎已久的奶粉罐子拿了下来，找了把勺子，坐着地上大口大口地吃了起来。

等到妈妈回来时，我已经吃掉了半罐子干奶粉！

妈妈对此哭笑不得，而我看着她打了个饱嗝，全是醇香的奶粉味儿。

这么任性不计后果的结果就是，第二天我便严重上火了，起了一脸的大脓包。妈妈看着很心疼，但也很无奈。

每每回想起儿时的这段特殊记忆，我总忍不住嘴角上扬，这大概就是馋嘴小公主的淘气吧。

## 小公主历险记

四岁这年,我离开姥姥,随妈妈南下去广州跟爸爸团聚。

跟别人不一样的是,初到广州,我没有因为陌生的新环境而哭闹,反而像是由此打开了新奇世界的大门。自此,我开始了漫长的探寻之旅。我可以永远拉着妈妈的后衣襟,黏着妈妈,成了她形影不离的小跟屁虫。

那时候,我们家住的是楼房,二楼有个小小的露台,每年春夏交接的时节,院子里那棵郁郁葱葱的大树便会开满好看的花儿。我才四岁,正是淘气的年纪,尚不知危险为何物。

记得有次,在爸妈不注意的情况下,我一个人偷偷溜到二楼,盯着树上的花儿看了很久,然后小心翼翼地攀爬到了露台的水泥护栏上。我虽然胆大,但也害怕自己会失足掉下去,特地用两腿缠绕着水泥护栏起到防护的作用,伸出手想要去摘下一朵花来。

谁知道,花儿还没摘到,这一幕凑巧就被在楼下的妈妈看到了。她尖叫了一声,爸爸也随即赶了出来,两人见到这一幕,都吓傻了!

还是爸爸有办法,让妈妈在楼下哄着我,让我下来,说:"你下来吧,爸爸带你去买好吃的!"而爸爸则在妈妈哄我的时候,悄悄上楼,一把搂住我,将我抱了下来。

爸爸吓坏了,他只知道我向来淘气,可从没想过会这么胆大包天,深知如果这次不严厉教训一番,保不齐日后会发生什么更过分的事。结果就是,爸爸并没有带我去买好吃的,而是把我一顿胖揍。

自此之后,我再也没去过我家的那个露台,更不敢做出半点类似的行为。

与妈妈日日相伴的那一年,可以说是我儿时记忆中最为幸福的时光。只可惜好景不长,一年后,妈妈要工作了,而我必须去上幼儿园。由此,小小的我展开了一段印象深刻的"幼儿园历险记"。

时至今日，回想起那所幼儿园，我仍然会心生畏惧。它就像我在小说《简·爱》中看到的劳埃德儿童教养学校中形容的场景。因为幼儿园的孩子太多，又都是四五岁猫狗嫌的年纪，所以阿姨少有温柔对小朋友的，总是很凶，一点都不温和。

因为幼儿园在郊区，总有各种虫子出没，也不知道是真忙，还是出于其他原因，总之，那时候，负责给我们穿衣服的阿姨并不会帮我们检查换洗衣服。到现在我都记得，有一次，阿姨给我穿上了爬有毛毛虫的毛衣，导致我被毛毛虫蜇得全身是包，甚至被它的毒刺蜇得发烧了。

还有一次，妈妈给我精心缝制了一床崭新的小棉被，可它被阿姨给了另一个小朋友。在寒冷的冬天，可怜的我只能蜷缩在一个单层小包袱皮里冻得直哆嗦。直到有一次妈妈来探望我，发现了这件事，小棉被才得以物归原主。

那个时候的我，弱小而无助，非常不适应幼儿园的生活。对我而言，它更像是一场噩梦。所以，每次妈妈翻山越岭地把我送到那里时，我一路上都会大哭不已，紧紧拉着她不肯撒手。有时妈妈实在哄不好我，就会用伞轻轻打我几下，然后她自己的眼泪也默默掉了下来。打在我身，疼在她心。

好在这场"噩梦"只持续了一年多，那之后，我终于结束了幼儿园的生活。

虽说时间过去了很久，但直到现在我都记得离开幼儿园那天。那是个很晴朗的日子，一如我阴转晴的心情。

妈妈接我回家的路上，当我们再次翻越那个山坡时，我这才发现，山坡上已开满了各式各样的花儿，散发着淡淡清香。我情不自禁地顺手摘下了几朵，一边蹦跳着，一边对着路边那些盛开的花儿说道："再见了，小草花！"

那时，我真是高兴极了，因为总算不用再回那所"可怕"的幼儿园了。

之后我便要上小学了。

当时我要就读的学校是八一小学。八一小学对学生的入学要求十分严格，尤其是还设有面试环节，弄得我和妈妈都很紧张。

记得面试那天，我胆怯地站在老师面前回答问题，妈妈则站在外面隔着窗户不停地打着手势，对我喊道："大点儿声儿！大点儿声儿！"

值得庆幸的是，面试老师还挺喜欢我，我很顺利地考取了八一小学。

日子就这样又平稳又无忧无虑地向前走着，然而，在我刚过完九岁生日时，属于我的另一次历险记又悄悄来临了。

那原本是很寻常的一天，我陪同龄的小朋友去考部队杂技团，结果是她没考上，老师却看中了活泼好动又顽皮的我。由于那时候的我对杂技团完全不了解，只是从心里觉得能去杂技团也不错，毕竟都跟艺术挂钩嘛。

虽然我打定了主意要加入杂技团，妈妈知道消息后，却陷入了矛盾的心理。其实也不难理解，我四岁才跟爸妈团聚，前后不过才五年的相处时光。人长到九岁，好不容易要去上小学了，却一心想要去杂技团，她内心里更多的是不舍。

为此，爸妈特别就这件事讨论了一番，最终还是爸爸做了主，他说："孩子想去的话，就让她去吧。"在兴趣爱好这一块，我一直很感激爸爸，他从不采用打压式教育，而是会给你分析利弊，尊重孩子的决定，于是我才能从心过一生。

就这样，九岁这年，我毅然决然地退学了，按照自己的意愿参军，正式加入了广州军区战士杂技团，成了一名文艺小兵。

从那时起直至退伍，我在部队服役了十九年。

虽然参了军，每天都要面对高强度的训练，妈妈却不希望我因此落下学习。于是，每次只要我回到家里，白天忙碌了一天的妈妈，即便再辛苦，也会利用有限的时间耐心地教我读书写字。除此之外，她还会教我一些生活经验、做人道理。

当然，我最喜欢的还是依偎在妈妈的怀里，听她给我讲故事。

记忆里，美丽的童话故事都是妈妈讲给我听的，她曾经给我讲遍了那个时候能够找到的童话故事。像《卖火柴的小女孩》《海的女儿》《白雪公主》等，也有中国的《海螺公主》《神笔马良》《画中人》等。

在妈妈绘声绘色的讲述中，我总能身临其境，时常觉得自己就是"白雪公主""小美人鱼""卖火柴的小女孩"。妈妈讲得特别好，每当妈妈给我讲述这些童话故事时，无一例外，我都会觉得自己一定是其中的小女主人公，我必须是那个"白雪公主"和"小美人鱼"，也必须是那个美丽的"海螺公主"，我甚至不止一次幻想着，如果我变成泡沫会是什么样子。

我总能与故事中虚构的她们产生共情，就好像真的跟随着她们一起经历了那或奇幻或悲惨的人生。而妈妈断续给我讲的这些睡前故事，成了我儿时脑海里最早最美的艺术形象。

可以说，是妈妈潜移默化地点化了我对文学和艺术的热爱，让我心生向往。

若干年后，我离开了杂技团，改行拍电影演话剧，直到正式进入演艺圈。可以说，在艺术生涯里，我所走的每一步，都和妈妈对我早期的教育分不开。而妈妈身上那种独特的知性美，那种与生俱来的书卷气，也或多或少地影响了我，成为我日后作为演员所必备的基本条件。而妈妈身上所具有的全部美德，也在我的心里扎根很深。

年幼小公主的历险记，经历时是带着泪、带着痛的，现在却觉得那段单纯无忧的岁月是那么甜，那么让人难以忘怀。若能穿越时空，见过去的小公主一面，我想我一定会告诉她：谢谢你那么勇敢地长大。

我的初恋

001

## 情窦初开

爱情应该是什么颜色？

在我看来应该是紫色，更确切地说，应该是我偏爱的粉紫色。

它的明亮标志着浪漫，也寓意着爱情里独有的款款深情。

与现在的年青一代相比，我所处的年代，可以称得上极为闭塞了。

当下的年轻人，阅读有专门的阅读器，每日各大平台上轮番播出新的剧集，各类电子产品更是不断推陈出新。在我们那个时代，这些都是完全不存在的。毫不夸张地讲，我的少女时代，就连看一本言情小说都是遥不可及的梦，而电视机这样的产物，更是没有。

无论身处哪个年代，有一件事，老天从来公平，那就是它赋予每一个人感知喜欢和爱的能力。

第一次意识到与异性之间微妙的磁场，是在我十三岁那年。

原本应是天真烂漫的年纪，一个眼神轻柔地启开了一个少女喜欢的能力。

十三岁时，我在杂技团，倒也不曾觉得生活枯燥，因为每日都沉心于苦练杂技嘛。尽管我所处的年代较为封闭，爱情也是遥不可及的字眼儿，但我的青葱岁月从不缺感知喜欢的能力，爱也始终伴随着我的燃情岁月。

我给一个比我大一岁的男孩写了一张字条，大意是：当我看着他时，希望他也能看着我。当然，年幼的这种小情愫大多都会被扼杀在摇篮里，我也不例外。字条被人发现并传到了领导手里，我被狠狠批评了。

初碰青涩"爱情"所带来的结果让我犯怵了，以致后来的很长一段时间，我在面对"喜欢"与"被喜欢"时都是小心翼翼的，谨慎过了头。

记得曾经有一个在部队政治部任职的年轻干事因为看了我

的演出，而萌生了想与我交朋友的念头，偷偷写了封信给我。当时我碍于部队的严格纪律，收到信后紧张不已。思索一番后，本着领导特别强调的"有什么事都必须汇报"的原则，我把这封信上交给领导了。

那时年少的我并不知道这样做具体会产生什么后果，只是后来听说他转业了。如今再想起此事，我仍有些歉疚，也许就是因为我把信上交了才导致了他的复转，真的想跟他说声"对不起"。

后来，由于部队宣传上的需要，我被暂时调到了所在部队的师宣传队。在此期间我认识了一个男演员，他比我大几岁。我们彼此都有些许好感，但这次我不敢再写字条了，更不敢和他拉拉小手，一是没机会，二是也实在没那个胆量。于是，这段少男少女之间的青涩爱慕，最终什么也没发生，就宣告结束了。

002

## 被管束的恋爱

男生年满二十四岁、女生年满二十二岁，方可谈恋爱。这是我们那个时代对年轻人恋爱的管束。

谈恋爱是不得关窗关门的，有时约会甚至得有另一个人在场才行。所在单位的领导，也会介入我们的恋爱，即给男方指定女方，或给女方指定男方，双方才可以谈恋爱。我身边有好几个同龄女生，都是在领导指派下恋爱并最终结婚的。

父母对我这方面的管束也十分严格。那时部队上像我们这样的家庭说是自由恋爱，但都必须服从父母之命。女孩们凡是到了待嫁的年龄，母亲们就开始走动起来，拿着照片去替孩子相亲。我的母亲也不例外。

当时我自己倒是不着急，玩性大得很，乐得多玩上几年。心想：在杂技团挺好的，着急找什么对象啊！就这样，一晃过去了好几年。

在这个过程中，有个男生令我印象深刻。他也是我们杂技团的，比我年长四五岁，总是无微不至地照顾着我。无论是去外地演出，还是出国演出，他总会在我需要的时候，及时出现在我身旁，给予我帮助。

他的一往情深让我很感动，只是后来这件事被领导发现了，以我未到规定的恋爱年龄而不予准许。我的父母也坚决反对，最后这段差点儿擦出火花的感情只能无疾而终。

没有谈过恋爱的我，却拍了爱情电影《漓江春》。记得拍摄时被男演员拉一下手，我都会内心慌乱不已，激动半天。大家看在眼里，打趣我真是太单纯了。

那时候，身边不少人都说我就像一块未曾污染过的水晶一般纯净。我是真渴望恋爱，但也知道相比恋爱，我更应该做的是把精力集中在如何好好去干好点儿什么上。我不要像那些追求现实的女孩一样，期待攀高枝，过更好的日子，我不稀罕这些。

003

## 我的初恋

在努力成为更好的自己的过程中,让我怦然心动的初恋也悄悄降临了。

那是在大人们的一次聚会上,我和他偶遇了!

他面庞清瘦,有着高挑的身材,举止谈吐都优雅得当。受家庭的影响,他在艺术上很有见地,修养上也可圈可点。

他长我四岁,像是个大哥哥一般。我们有很多共同语言,可以一起分析剧本,谈表演。即便是谈天说地,他也能说得头头是道,特别让我感兴趣。

我们实际接触的时间并不算长,但留给彼此的印象都十分好。我们会给彼此写信,他还会在我拍戏时,来拍摄地探班看望我，我们的相处可谓是相当融洽。

　　这是一段在知情的大人们眼里非常看好的姻缘。我却在后来和他的家庭逐渐接触的过程中，感受到了一些不和谐的端倪。

　　隐隐中，我觉得他们家似乎有些瞧不起我这个从小参军、在杂技团长大的女孩儿。而且，他们家还对所有可能跟他谈恋爱的女孩，都提出了必须接受的条件。其中有些条件，足以让所有女孩望而却步。最后，我们的关系也止步于此。

　　这场没有结果的初恋，让我真真切切体会到了喜欢一个人是什么感觉。于我而言，那份喜欢羞涩而单纯，没有什么目的性。

　　再度回想起来，内心没有什么波澜，只觉得"啊，其实他是一个好人"，只是可惜当年匆匆的一别竟然成了永别。直至他离世，我们也无缘再见一面。

遇见完美先生

001

## 相信爱

为热爱的事业永不停歇地奋斗着，和相爱的人执手偕老，这是我现在很享受的人生状态。抛下岁月的印记，忘却年轮的压力，勇敢无畏地向前走着，一边探索新事物，一边回眸老韵味，接受所有挫折、磨难，尽情地做好并享受当下。

此刻能拥有这般释然、轻松的人生状态，我要感谢我的完美先生——冯远征。三十年前，是他的执着、他的真诚、他的爱把我从爱情迷雾中拉了出来。

那段曾经牵扯十年的婚姻结束后，我深知自己不再年轻，那颗原本憧憬爱情的心也渐渐死去。我甚至暗下决心不再结婚，不想再遭受别人的摆布，也不想再白白奉献自己的情感。承蒙上天眷顾，我遇见了远征，让我心中那个紫色的爱情梦，终于得以成真。

我们相识于工作中。那年他从德国留学回来，我们分别担任电影《豺狼入室》的男女主角。他饰演的"豺狼"，入了我这个"室"。

那时，他是那么年轻，那么阳光活力，那么真诚善良，那么独特！我以前从未遇见过他这样的男孩子，不由自主地欣赏他，爱上了他。因此，我总会尽全力去帮助他，推荐他参演自己参与的戏。后来，我又出演了一出新戏，跟之前一样，我同样向剧组推荐了他，远征很快也进了剧组。不巧的是，他进组后没多久便出了水痘，那时哪怕我明知有传染的风险，也留在他身边照顾他。

我不知多少次地问过自己，遇到他是偶然吗？

也许是偶然，但我更相信，这是上天赐予我的必然！

我们相爱着，我也自卑着。因而远征第一次跟我求婚时，我特冷静地跟他说："你是在怜悯我吗？你应该找一个比你小的、没结过婚的女孩儿。"

那时，他很无语。

时隔一年后,他再一次重新求婚,我依然婉拒。

这次他说:"好吧!我可以等!等到你同意的那天为止。"

听闻此话,我备受感动,顷刻心仿佛被融化了一般。

我想,能拥有这样一个真心期待着我的人,那我还要什么?

曾经的那些个阴影啊、忌讳呀,都被抛到了脑后。

我说:"好!那咱们去登记。"

尽管周围的亲朋好友都不看好我们俩的感情,甚至有人断言我们的婚姻"少则三年,多则五年",还说"东西是会用旧的,小男孩儿是会长大的",暗示我们终究会离散。但我们还是义无反顾地走到了一起。

我也曾无数次地问自己:"你后悔吗?"

一次又一次,我的心似在呐喊:"我不后悔!我绝不后悔!"

即便这段婚姻只有三年、五年,哪怕只有一年,我也无怨无悔,我觉得它值得,我认了!

在我们俩去登记的前一天,我给不赞成我们在一起的父亲打了电话,说:"爸爸,我要结婚了,请您祝福我!"

跟父亲通完电话后,我还做了一个决定,那就是与远征的父亲，也就是我的公公当面谈一谈。

我当然知道与公公见面意味着什么，可能会发生什么。

他与旁人无异，最初的时候，也不怎么看好我与远征的结合。我们两人见面时，他直言不讳，希望我能改变主意，不要同远征结婚。

我郑重其事地同公公说："你们谁都可以不喜欢我，我不在乎！只要远征喜欢我、爱我，我就够了！我足矣。"

人这辈子遇见挚爱之人不易，哪怕耗尽所有力气，我想我也会抓住远征的手。从现在的结果来看，我当初义无反顾的选择并没有错。

002

# 凤凰涅槃重生

婚后的我每一天都像是浸泡在蜜罐里,整日醉心于那份终于得到的爱和被爱的享受。我能充分感受到:曾经作为女儿家的那绚丽的紫色爱情梦,真的与我同在了。

尽管那时我们经济拮据,花 39 块钱就把婚结了。

那时候,结婚登记处和离婚登记处都在一间办公室。

虽然时间过去了很久,但直到如今我还记得那个场景、那个画面。我和远征走进去的时候,里面的办事人员问我们:"离婚还是结婚?"我和远征异口同声地回答:"结婚。"那位办事人员看了看我们,又说:"结婚可是很严肃的事情,你们想清楚了吗?"自然是想清楚了的,但也能理解办事人员的例行询问。

向办事人员递交身份资料后,办事人员很快便给我们办理了结婚证,给我们结婚证时,还多出了一对结婚纪念铜币。我和远征都有些疑惑,问:"我们没有要这个铜币呀?"那位办事人员说:"都刻好你们的名字了,拿着吧!"

付钱的时候,那位办事人员边收钱边又说道:"对了,我们这儿还有床品四件套什么的,要吗?"

我和远征摆摆手,连连说:"不要不要。"

就这样,在这一天,我和远征从两个人成了一家人。

我们没有置办太多家具,一把椅子、一张床,还有一个塑料拉链的衣柜就是我们的全部家当,两人挤在公公为我们腾出来的一个十来平方米的小小房间里;没有举行婚礼,没有婚纱,没有婚宴,没有所有女孩子都期盼的鸽子蛋婚戒;只有两张经历了一波三折才领到的结婚证,一对结婚登记处硬卖给我们的铜币。但这一切丝毫没有影响我们新婚的快乐与甜蜜。

我依旧记得,登记那天,我穿着远征所在摄制组发的大红色羽绒服,我们俩手牵着手走出结婚登记处时,雪后的北京,天是那样蓝;而马上要开始的新生活,又是那般美好。我深感自己此时犹如凤凰涅槃，得以重生。

我感悟爱情给我带来的美好，也曾经无数次重复着当年我献给远征的话语：爱情是怎样来临的？是温暖的阳光？是纷飞的花瓣？还是我祈祷上苍？远征于我而言，既是温暖的阳光，又是纷飞的花瓣，更是由于我祈祷上苍。

一晃这么多年过去了，现在的我们早已冲破了曾经那些无形中加在我们头上的咒语。我们已经成为彼此不可分割的一部分。大家最初对远征的称呼——梁丹妮的男朋友，也变为：梁丹妮——冯远征的老婆、爱人；甚至在我们演出时，只要我一出场便会有观众大声喊："老婆来了！"

我一直觉得爱是不需要理由的，因为爱你，所以爱你！这是属于我的硬道理。每每想到这些，我内心的情感顷刻便如同潮涌。

婚姻啊，是两个人交换生命的过程，父母是共同的父母，孩子是共同的孩子，财产是共同的财产。三十年过去，我和远征恩爱如初，更胜从前。

最棒最贵重的礼物

## 金鸡奖最佳男配角奖

"这个奖是我今年送给妻子梁丹妮最好的生日礼物!"

2004年金鸡奖的颁奖现场,远征当着万千观众,说着这番话,冲我摇晃着奖杯,然后快步跑下台,将奖杯捧到我手中。

至今回想起这一幕,我仍会感动得热泪盈眶。

我想啊,一个男人的最可贵之处,就是在他最辉煌的时候还能想起他的另一半。

在我事业陷入低谷,在我逐渐被大众遗忘,在我出席活动甚至被人拦住不让进的艰难十年里,我万分感谢远征没有放弃我,还将我看得如此重要。

这礼物胜过人世间所有稀有贵重的礼物,也胜过千言万语。

于我而言，在我们的婚姻中，好的礼物从不在物质层面，那些昂贵的包包、不菲的饰品都不及远征在我身边。我们的爱也无须用这些东西来证明。

我们是聚少离多的家庭，一旦出去拍戏，一个月、半年见不到彼此，是常有的事。

记得我们刚结婚的第三天，远征便去外地拍戏了。那时信息通信没有现在这么方便，我们为了能打一次公用电话，排队等上两三个小时都是家常便饭。所以，我们格外珍惜能在一起的每一分钟。

我理解的爱：

莫过于夜晚能够感受到他在我身旁那细密的熟睡的鼾声，清晨醒来凝视着他那张我深爱着的永远也看不厌的脸；

莫过于有时我突然拉住他，定睛深情地望着他那亮亮的双眸，喜欢看到他一瞬间不知道发生了什么事而不知所措的样子；

莫过于我把脚踩在他的双脚上，我们一同在房间里来回踱步；

莫过于时至今日，无论谁外出工作，无论是在机场、火车站、家门口，我们一定会热烈相拥、吻别；

莫过于我们手拉着手上街购物，在商场里的上下滚梯，习惯于他走在前，我从后面拦腰环抱住他，亲吻他。

我们如同热恋中的爱人，不会去在意周围人的驻足、侧目……

多少个莫过于、多少次温柔的触碰，让我们相爱至今。

几十年过去，我们的生活从不缺少诗意与浪漫，每年都有三个属于我们的节日：我的生日、他的生日，以及我们的结婚纪念日。每次我都会写文章，写他，写我，记录下我们每一年中的这一时、这一刻。

## 002

## 最平常的普通恋人

生活在梦境中的王子和公主，令无数人艳羡的神仙眷侣，整"破防"的老戏骨爱情……

如今，随着网络越来越发达了，人们了解各类讯息也都极为方便了。

我也在这其中受益不少，于是，很自然地，我发现，我和远征的生活总会被人们冠以一些可爱的、甚至略微有些夸张的修饰词。

然而，实际上，我和远征的故事，并不是不食人间烟火的爱情神话。

其实，抛去演员这个身份，我们也只是生活在现实中的普通人，也同样面临着柴米油盐酱醋茶的烦忧。

之所以被人如此夸赞，我想，可能唯一的不同大概在于，我和远征在多年的生活当中，已经学会了如何处理矛盾，如何经营好我们的小日子。

和很多家庭一样，我们家也是大事由远征拿主意、小事我说了算。

远征这个人，从不会要求我必须去做什么，又或者不能够去做什么。

同时，这么多年以来，远征对我始终都是体贴入微，关怀备至，宠爱有加。

这一点，兴许与他的家庭教育和成长经历有关，他非常懂得如何尊重女人、珍爱和保护女人。

有时，他听到我在房间的另一处，发出大一点儿的响动，都会急忙跑过来问怎么了，生怕我不慎摔倒了。

家里要是吃点儿什么好吃的东西，他也总是舍不得吃，要尽着我先吃，我吃够了，他才会吃。

当然，我也是如此。

他外出了，只要知道他能回来吃饭，不管多晚，我都会等他回来一起吃热腾腾的饭菜。

平日里喝碗粥，我也会先为他盛上稠的。

即便是吃个水果，也会捡大的留给他吃。

这是我和他之间的小秘密，至今未曾改变过。

是夫妻就会吵架，我们也不例外。

吵的时候，甭管谁对谁错，远征都会先向我认错道歉，等我气消了，我们再就事论事，秋后算账。

关于吵架，我们也约法三章，定了三个不能踩的规矩：

第一，吵架不能说脏话；

第二，吵得再厉害，哪怕恨不得摔东西了，也不能动手打对方；

第三，无论怎么吵，如果没想好，不能轻易说离婚。

其实，我们的爱就是这样：

莫过于一起从容面对生活中的大事小情；

莫过于一起经历家里家外重大事情的决策；

莫过于两人共同为事业奋斗、奔劳，为社会、为家庭创造精神及物质财富；

莫过于对彼此无微不至的支持、关怀与照顾。

那些浪漫、琐碎的日常，都是岁月馈赠给我们最好的礼物。

时光在我们爱的怀抱里凝聚，不会因岁月的流逝而退去，我们就是这样一对永远追随、始终相依相伴的平凡夫妻。

婚姻生活

001

## 细碎的，温暖的

因为我和远征都是演艺从业者，所以对于我们这样的家庭而言，聚少离多是常态。即便如此，我也从不觉得这是件值得惋惜的事。因为，即便远征不在或我又外出时，他送我的那只跳跳虎总会陪着我的。

说起来，那只跳跳虎除了是远征送我的，其实和其他玩偶没什么太大区别，一样都是毛绒材质，胖胖的身体，大大的脑袋，一眼看上去五彩斑斓，憨态可掬，可爱极了。

几乎所有人都觉得，老虎实在是凶猛的生物，但在我眼中多少有些不同看法：它有着一种一往无前的勇，除却威严，兼具智慧，同样藏不住的，就是它的憨态。

兴许是远征属虎的缘故，我们家里最多的摆件就是老虎，各种各样的都有。每次有朋友来家中做客时，他们都会开玩笑说："这是到了老虎窝了，到处都是老虎。"

老虎虽多，但不知为何，每次只要看到那只跳跳虎，我就会想起远征来。

记得有年我从广州回北京的时候，遭遇了冰雹云层，哪怕是具备多年飞行经验的机长，在面临这样的极端自然天气时，也确保不了能完全规避风险。

到现在，我仍记得当时的情形：万里之上，冰雹云层导致飞机晃晃悠悠，所有的人都面露恐惧，几乎认定了要发生空难。在这紧要关头，我什么也做不了，只能紧紧地将跳跳虎握在手中，默默祈祷无事发生，好在也确实如此。

身边的朋友知道这件事后，无一不说，那是冥冥之中远征在保佑着我。

我虽不是个迷信的人，但自此之后，每次外出工作的时候，哪怕只是出去两三天，我也习惯带上那只跳跳虎。只要把它放在床头柜上，我就会觉得心里尤其踏实，觉得似乎只要这样，远征就在身边。

这原是生活中再细碎不过的一件小事,可身边知晓的人,都说称得上感动,并且表示是心之所向的一种相处状态。在我的意识里,远征为我所做的令人感动的事远不只这些。

002

## 心有所栖，爱有所依

这几年，新媒体发展尤其迅速，我呢，因为始终保持着好奇心，在短视频平台上开设了自己的账号，不定期地会在平台上发布一些内容，一来是记录分享自己的生活，二来是为了能与自己的影迷近距离地接触、交流。

让我意外的是，现在的网友怎么都那么可爱？！

平日里发布短视频后，如果得空，我就会看评论，其中最常能见到的一类型的评论就是：安嘉和对你真的好吗？

安嘉和对我好不好我真不知道，但远征对我确实很好。

因为九岁当兵的缘故，那些年，每日都醉心于杂技，所以，我基本上打小就未接触过烹饪，待到后来开始工作，就更不必说了。

和远征刚结婚那会儿,我跟远征说:"我不会做饭,往后咱俩的饮食上,可能你得凑合点儿了。"远征听后,看了看我,说:"不会没关系,你也可以学一学嘛。"可做饭这件事,有时候天赋也很重要,远征见我实在学不会,就不再让我学习了。

婚后的头几年,我俩一直都是各忙各的,平日里三餐基本上不是在食堂解决,就是在剧组里吃盒饭。偶尔得空回到家里,远征张罗着想要给我做点吃的,可只做了几次,我就拒绝了。原因嘛,主要是那会儿我们住的房子实在太小,每次一做饭,满屋子到处都飞油烟,打扫起来要了命。直到后来,条件稍微好些了,远征才又开始恢复下厨。

老天爷是公平的,它未赋予我做饭的天赋,却多给了远征几分。

毫不夸张地说,远征做饭可谓一把好手,什么菜系他基本上都能做得出来,尤其是炸酱面,更是一绝。同时,他尤其注重饮食健康,多年以来,我们始终保持着少油、少盐、少糖的健康饮食习惯。

这么多年过去了,虽然我依旧不会做饭,但绝对能称得上金牌帮厨。

我当然知道做饭实在是件辛苦的事,于是便主动包揽了买菜、洗菜的琐碎小事。远征下厨前会向我交代要事先准备些什么,待我准备妥当,他再下厨,这样做起来更节省时间。用餐完毕后,我负责收拾灶台,他则去丢掉厨余垃圾。

平时远征不在的时候,也都不忘关心我的用餐情况。他这个人,对我的关心和照顾,可以说是无微不至的。

记得有年,远征去加拿大演出话剧《茶馆》。我不在《茶馆》剧组,但我在剧院参加其他戏的排练。

临去参加排练的时候,身在加拿大的远征发来了微信,他问我:"你是不是还没有吃饭?你想吃什么呀?我给你订吧。"我当时不以为意,心想:他人在加拿大,怎么还能管得了我的事儿,于是便回复他一句:"你在那儿能订吗?"他回我:"能,你别管了。"演出在即,我着急上台,于是便丢下手机,并没有把这件事放在心上。

我急着参加排练,等着上场,等到排练结束,同事告诉我订的餐到了。

我从收发室取了餐,回到休息室打开袋子一看,宫保鸡丁,外加一盒素炒青菜。那是再寻常不过的一餐，但也是最温暖的一餐。

后来，这事儿不知怎么被剧院的人知道了，有人开玩笑说："不得了了，冯老师这是从大洋彼岸给点了份外卖呀！"听到这句玩笑话时，我才意识到，原来我和远征这些在相处时最为常见的小细节，竟然也会被人当成稀罕事儿。

又或许是这么多年以来，远征一直都如此待我。比如说，有时候，我们两个人不在一个房间，他只要听到一些动静，就会问我是否有事；又比如，平日里我若是遇到什么不顺心的事了，他都会给我以疏导。这么多年来，他始终是那个不管我遇到什么事，总能为我想到、总能挡在我前面的人。

时光流转，就这样，在这一餐一饭中，这么多年也就过去了。

而这么多年，远征都在用实际行动证明着一件事，让我心安。

一餐一饭，心有所栖；柴米油盐，爱有所依。

003

## 相信誓言，不如相信陪伴

有句老话，老天给你关上了一扇门，就一定会给你开一扇窗。

我对此深信不疑，远征就是个活生生的例子。

远征在表演工作上没得说，做饭是一把好手，而在日常生活中，他又是个体贴的人，可他也有一扇被关上的门——远征不擅长做家务。

我是从什么时候发现的呢？

这还得从多年前说起。

早些年，饮水机还未普及，暖水瓶几乎是每个家庭的必备生活用品。那时候我发现，每次远征倒完热水之后，总会忘记把暖水瓶的瓶塞塞回去，这样一来，整瓶的热水就都变凉了。

为此，我也曾说过他一两次，但我发现他仍会忘记，于是我就不再多说什么了。

他忘了，我盖回去即可。

后来，饮水机普及了，暖水瓶也变得少见了，这个问题就自然而然地不成问题了。

除此之外，远征还有乱放东西的习惯，经常用完什么都会随手丢在桌子上。

于是，我便养成了一个习惯，他用完了，我再将那些物件都归还原位，以便保持家里的整洁，再就是，方便下次使用时能迅速找到。

这么多年来，我始终觉得，我与远征之间的照顾是相互的。在我的认知里，夫妻之间，原是彼此成就，不存在谁迁就谁，更多的，是相辅相成。

就像他理解我不擅长做饭这件事，那我，就理应接受他在生活中的一些粗线条。

你说他粗线条吧，可他又实在是个心细如发的人。

这不奇怪，是人就有矛盾，我们也是再普通不过的两个人，在这滚滚红尘里过着世俗的日子。

这么多年来，我们俩都有一个习惯，是默契使然，而非约定俗成，那就是：无论谁要去外地拍摄，另一个人无论当时在忙什么，都一定会抽出时间去送对方，当然，重要的事情可以例外。

这么多年来，已经习惯成自然了。每次无论去哪儿，他都会送我去机场或火车站。当然，我也一样。

我在剧院工作，身边不乏年轻的小朋友，可能是因为我心态年轻，与他们没什么代沟存在，于是他们也乐于同我交谈。

这么多年来，经常被他们问到的一个问题就是：如何才能维持好一段婚姻。

对此，我着实没有什么发言权，毕竟我也不是什么情感导师，但作为一个过来人，我也有属于自己的一点体会与感悟。

人们常说，婚姻是座围城。在我看来，步入婚姻，修成的是桃花源还是愁苦乡，实则要看两个人的心是否朝向一个目标。

我们步入婚姻，在亲朋好友的见证下说出誓言，但不能因为有了誓言就觉得一生本应如此。

因为誓言的产生，是在那一刻、那一瞬间，而婚姻，则是一辈子的事。

婚姻是什么？

婚姻不是在一个特定场合下两片嘴唇说出的誓言，而是一朝一夕、每日每时的陪伴。

而且，你得明白：陪是什么？

是地久天长地伴着那个人。

陪伴二字，须得拆开。

陪不是最关键的，伴才是最紧要的。

若他能伴着你直到生命最后一刻，那才是最难得的牵绊。

在我有限的认知里，我始终以为，在婚姻生活里，誓言真的不重要，甚至有没有它都不重要。

毕竟，两个人在一起，从不是靠着誓言过日子，而是两个人在天长日久琐碎的生活里，能否像丈量土地一样，一寸一寸地走下去。

不过，我说的这些，也不能作数，更不能当作指南，最多算是提供了一个方向。

而我之所以有这样的体悟，是因为在我有限的人生里曾短暂地误入过愁苦乡。

幸运的是,我遇到了远征。

更幸运的是,他给了我一片桃花源。

Part three

一点旧

九岁当兵

001

## 杂技团

翻开我沁芳之旅的前半段，从杂技演员到电影明星，再到舞台剧、话剧演员，我的事业有过阳光普照的辉煌时刻，也有乌云密布、雷电交加的蹉跎逆境。人生嘛，不可能一帆风顺，总会发生一些令人始料不及的事情。走到今天，我最大的感触便是要允许一切可能的发生。

人都是在磕磕绊绊中慢慢成长的，我相信"山重水复疑无路，柳暗花明又一村"，遇到困难不气馁，成功的时候也不骄傲，坚持下去就会看到希望。

九岁那年，因为好奇心，我参军加入杂技团，成为最小的杂技学员，开始了一段漫长而艰辛的学艺生涯。

每天早上5点,老师就会吹哨把我们叫起来跑步、走正步、做热身训练,然后再开始正式训练。第一项就是倒立,少则半小时,多则一小时以上。每个孩子脸朝着地面那一小块方寸之地,几乎每天都被分不清是汗水还是泪水的液体湿透。

熬到老师手中的闹钟响了时,我们的手已经麻木到根本无法动弹。这个时候老师会用脚向靠在最边上的孩子的臀部踹去,顿时所有孩子齐刷刷地就像多米诺骨牌那样,一个接一个地倒了下去。我们看着自己僵硬发疼的手指,都委屈得哭了。

然而最令我们恐惧的还不是倒立,是我们面对面坐着的压横腿。老师将最后一个孩子奋力向前推到极致,疼痛的拉伸感会让我们在那一瞬间大哭大喊。

在这魔鬼般的训练下,我们身体的韧性逐渐被打开,开始被老师分配节目。早期我在杂技团里主攻的是蹬人节目,这个节目,是底座和尖子两人共同完成的表演。我是在上面被蹬的尖子演员,摔过无数次,受了很多伤。

好在付出总有回报,蹬人节目如期练成功后,我们去了很多部队演出,足迹遍布了南海的各个岛屿,为守岛的官兵们演出。

杂技其实是一项极为艰苦的活动,流汗又流血。吃的苦多了,我也就不觉得苦了,并因此造就了从小吃苦耐劳、坚韧不拔的精神和耐力。

002

## 部队趣事

小时候在部队的日子虽苦,但在那个天性烂漫的年纪,我们也玩过躲猫猫、丢手绢、跳房子、跳皮筋……而且经历过许多一般孩子体验不到的童年趣事,其中印象最深的就是每年定制军装。

因为我们个头太小,没有适合我们穿的军装,而军区体工队打篮球的大哥哥们由于个头太高大了,也没有适合他们的军装,所以我们都是和大哥哥们一起去量身定做军装。每次定制的场景可以算作一景,引得众人驻足观看。可惜的是,经历过动荡年代的我,最后也没能留下一件那特殊的小军装。

生性活泼的我,在杂技团喜欢跟着男孩子们一起爬树、上墙，爬练功大厅房顶，淘气极了。那时候我好奇心也重，觉得电炉丝很神奇，就伸手去摸了通电后的电炉丝，结果可想而知，手指头被烫伤了。

早期我们住在一个大草坡下面，每次下大雨后，就会出现一个积水洼，引来无数青蛙驻足安家。到了晚上，蛙声此起彼伏，真像是蛤蟆的大合唱。就算在那么吵闹的环境里，我们这群孩子依旧睡得香甜，无忧无虑。

我们还经历过一次龙卷风！大风刮得房子都晃悠起来，我们住的平房墙壁硬是被吹出了一道大裂缝；在大得吓人的风声中，许多东西都被刮上了天。

大风过去后，老师们说我们吃饭的食堂被龙卷风给刮没了，还有一个排练厅也给刮没了。这真是一次记忆深刻的历险。

### 003

## 逆境中遇见京剧

十四岁那年,出于一些不可控的原因,我被迫离开杂技团,下放到条件艰苦的生产部队。

虽然我才十四岁,但在生产部队一样要干体力活,扛比自己还要高的大麻包围海造田是常有的事。印象里最深的是,有一次因为涨潮我们撤离得晚了,差点儿就此丧命。

就这样,过了大概半年,我们接到通知,终于被安排离开了生产部队,暂时被分配到医院做护士。虽然说离开了生产部队,意味着不用再去扛大麻包了,但医院的条件也很艰苦。

如今再回想起来,当年的情景依旧历历在目。

我们同行的十几个女兵挤在一张用木板搭成的大通铺上,

用蚊帐隔开彼此，如此来区分床位。

那段日子难熬至极，可当时竟也不觉得辛苦，夏天又闷又热，往往身上、脸上都是痱子，而到了冬天，冷得要命。

人在医院，然而，医院并未安排我们去学习医务护理的知识，也因此，护理工作几乎轮不到我们来操心。

我们这帮被安排进去的人，每日的工作实际上都是"副业"，比如说种番薯、种菜等等，这才是我们的主要工作。

有一件事，至今难忘。

那会儿我们刚种完菜，那时哪有化肥呀，大粪就是蔬菜的最好养料。

刚巧，那天轮到我挑大粪给地里的蔬菜施肥。我原本就瘦弱得很，挑起一百多斤的担子时，整个人摇摇晃晃，经过一个土坑时，一个不小心便被绊倒了。

结果可想而知，臭不可闻的满桶的大粪，直接兜头而来，淋了我一身，无数蛆虫从我的头发上、身上掉下来。身边的人见我这副模样，都躲得远远的。

这样的经历实在太多了，所以，当时的我并没有觉得有多难过，甚至觉得实在不值得一提。只是在若干年后再回忆起这段往事，才觉得啼笑皆非，又带着一些辛酸。

那会儿医院食堂里的菜，基本上都是靠我们来种的，我们种什么，大家就吃什么，一直到吃完为止。

也正是因为如此，我们几乎多日都很难见到一点荤腥。只有到了过年的时候，碗里才会有那么一些荤腥，平日里的三餐都极为清淡，油水也少。

一帮十四五岁的女孩儿，都正是长身体的时候，晚上挤在一张大通铺上，经常能听到谁的肚子又叫了，挨饿是常有的事。

有次轮到我值夜班，大晚上一个人值班，实在是饿极了。

思来想去，内心里跟自己做了不少斗争后，最终饥饿还是战胜了意志力。

我从食堂的后窗户爬进厨房，我原本想得极为简单，如果食堂里有什么现成的可以吃的东西就好了，我随便吃些什么，只要能填饱肚子就行。

谁承想，提心吊胆地在厨房里翻找了半天，竟然什么都没有找到。

最后，我揭开锅盖，发现锅里还有一些剩余的白米饭，当时我想，白米饭也行。我正准备拿只碗盛出来时，发现灶台上放油的碗里竟然还有一些残余的猪油,虽然不多,但拌饭吃也足够了。

我开心极了,立刻把那些剩饭盛到了猪油碗里,拿着筷子随意拌了拌,大口大口地把那碗猪油拌饭迅速地吃光了。

人在饥饿无比的状态下,能吃上这么一碗猪油拌饭,简直是人间美味,实在太香甜了。

事实上,我当时的确是如此想的,甚至在吃完后,觉得那是我在人间吃过的最好吃、最美味的饭食。

好消息是,那一晚,我都再没有觉得饥饿难耐;坏消息是,那猪油是未经加热的,第二天我整个人拉肚子不止。

医院的人见我一直上厕所,问我是不是哪里不舒服,我吓得不敢说。

更坏的消息是,食堂的大厨发现剩饭和猪油都不见了,随即加强了食堂的管理。每晚下班后,都给厨房的门窗加固并上锁,而这也让我再无爬窗户进厨房吃上一碗猪油拌饭的可能。

那段时间,样板戏开始流行,要求能演出的地方都必须演。我所在部队的领导觉得我是文艺兵下放的,条件应该不错,便将我临时调往部队师宣传队,参加演出。

重新回到舞台上的我如同久旱逢甘霖，表演更是如鱼得水。部队领导很是满意，决定让我演出京剧《红灯记》全剧，并临时决定让我去京剧团学习三天。

那时我根本不识谱，也搞不懂什么是京剧，只能用最笨的方法，凭着自己较强的模仿能力，一招一式生学了下来。

我在剧中饰演女主角李铁梅，三天我就学会了《红灯记》的唱腔，熟练地掌握了这部戏的京剧动作和调度；甚至连同场演员的唱腔、舞台调度也学会了。如果排练时有同场演员忘了唱段、舞台调度，我还能去帮助他们。京剧团里年长的演员老师们很是喜欢我，甚至想让我留下来学京剧。

后来，此剧我一个人单独演出了一百多场。

在这之后，我还相继演出了折子戏《智取威虎山》《海港》等。直至我由于不会正确用嗓发音，嗓子一度完全失声了才不演了。

除此之外，我们宣传队还演出了舞蹈《洗衣歌》，以及自编自演的芭蕾舞《女兵》。

在特殊历史时期经历的这四年时光，于我而言是一种磨难，也是一笔财富；它在无形中丰富了我对艺术的认知，也让我拥有了不同形式的舞台演出经验。

其实生活会在何时给予我们怎样的考验,是难以预知的,我们只能接受当下的一切,然后去改变它。

只有这样,艰难的日子才能迎来一丝转机。

电影大门

001

## 老戏骨

"老戏骨"这个词在不知不觉中成了外界对我的标签之一，而我也在这不经意流逝的时光里渐渐老去。一晃几十载过去了，我从影的那些耀眼时刻早已沉睡在光阴的沟壑里，鲜有人知晓问津。尽管我不是一个愿意回眸过去的人，觉着与其翻看过去，不如展示现在，述说未来；只是偶尔当有些记忆被触动苏醒时，我还是会百感交集，或许是老了吧，感慨就如此不自觉地丰富起来。

作为一个演员，其实谁都害怕被大众遗忘，但人的记忆又是有限的，尤其在如今这个连更新换代都是那么急迫的快餐时代，谁又能被谁记一辈子呢？

有戏能演，能在舞台上，能在银幕前，能在余生中继续尽心尽力塑造好每个角色，便无悔于当初我决定从事演艺事业的决心，也对得起"演员"这个身份了。

在所谓的流量时代，被人忘却似乎是一件好事，光鲜靓丽的人容易被名或利束缚手脚，忘记初心。

我记得自己是演员梁丹妮。记得自己作为女主角拍摄过八十年代初期的第一部彩色风光故事片《漓江春》；作为真正的杂技演员，在拍摄第一部立体故事片《欢欢笑笑》里本色出演表演转碟、魔术等技术活；作为长春电影制片厂曾经启用的外界优秀女演员，我不用替身，实实在在地完成了我人生中第一部警匪片《第三个谋杀者》里的所有危险戏份儿，还主动向导演提议将简单的卖艺戏份儿改成我表演高难度的耍钢叉……也记得正是自己早期进入演艺事业时经历的这几个人生"第一"，让我由衷地热爱演戏。

我喜欢尝试一切新事物，也希望自己的人生是不设限的，对这个世界永远充满期待与好奇。虽然我不再年轻，但我还拥有当初脱下军装转行成电影演员时那股对演戏热血沸腾的冲劲。

## 002

## 初登银幕

二十岁出头的年轻人对于未来总是充满憧憬与躁动的，我也不例外。在杂技表演进入佳境，取得一定的成绩后，我觉得杂技团似乎已经不能满足我内心的某种渴望了，我想去追逐更广阔的天空，寻找更多的可能。

正好当时上海电影制片厂拍摄的电影《傲蕾·一兰》在全国海选演员，此戏是当年全国为数不多的几部重点电影之一。当此片的全国海选经过广州时，经人推荐我参加了海选的考试。很幸运我当选为主要角色的备选演员，前往上海接受近三个月的培训。

在《傲蕾·一兰》中，我们饰演的角色均为达斡尔族人民，我们的导演是著名导演汤晓丹。由于这部电影中的演员众多，所以上影厂专门派了三位负责管理我们的副导演。我还记得他们是鲍芝芳、包起成和姚寿康三位老师。他们天天不辞辛苦地领着我们这群年轻的孩子学习舞蹈、唱歌，练习剧中的人物台词，并教授我们表演。我这个表演的门外汉，那时根本就不懂得什么是表演，仅有的只是香港电影公司给我留下的那一点点印象，但也只是印象而已，完全不能和拍摄真正故事片的表演相提并论。

平日里，我们跟着老师们练习戏中所需的各项技能，其实完全就是盲目地听从老师们指点，让我们往左看就不往右看，让笑就笑，让哭就哭。我们经历了各种训练，经历了摄制组，以及电影厂领导对我们一次又一次的对比、筛选、审核，最后我终于很荣幸地被选为女二号傲蕾·弗兰晶。从此，正式开始了我的电影从业生涯。

## 小兴安岭

《傲蕾·一兰》的拍摄地在小兴安岭，北方的自然景观让我这个从小在南方城市长大的孩子充满了好奇。遍地的黄花菜，树木上长出的新鲜木耳，看不到尽头的玉米地，青翠的黄瓜，树林深处未能见到的熊出没……至今脑海里浮现出这些画面，仍记忆犹新，有种想再次去看看的冲动。

记得我们到达的第二天，就被大自然深处来的客人所"青睐"。那天我们早起兴奋地推开窗户，准备迎接朝阳，却发现窗下盘踞着一条黑白条纹的大蛇，顿时吓得花容失色。还好，最后组里派来几个工作人员想方设法把它给"请"了出去。此后，我们每每早起推窗都小心翼翼的，不敢再造次。

小兴安岭的夏季多蚊虫，早上太阳还未完全升起，树林里的蚊虫便成群肆虐。尽管剧组给我们准备了一些用熏蚊子的草药浸泡过的纱网，平时我们套在草帽边缘上用来遮住脸，一旦拍摄时取下了，还是避免不了被咬得到处是包。

当然这种小蚊虫的叮咬不算可怕，可怕的是一种小小的爬在草丛里的虫子，当地人叫它草爬子。只要是被它叮上了，那可就麻烦大了！它会一直往你的肉里钻，而且你还不能往外拔，只能用烟头烫，或用药熏它的尾部，等它自己一点点地退出来。一旦拔出来，它的尸体停留在了皮肤里，皮肤就会溃烂，最后只能用手术刀将腐烂的肉割去，才能阻止它毒素的侵害。

有一次拍摄结束后，我回到驻地，刚解开戏装，旁边的女孩们就尖叫起来了。当即我就想坏了！一定是她们在我身上发现了草爬子。

果然我的领口处有一只。大家马上找来了化装师，他用一种清洗胡子用的稀料，涂在草爬子的尾部，还算幸运，草爬子自己慢慢从我的皮肤里退了出来，我这才得以安全地解脱，舒了一口气。

第一次拍戏经历零下三十几摄氏度的冬季，对我而言可是大考验，脚上、手上长满冻疮，发炎红肿是常事。

当时可没有旅店、宾馆可住，所有人都住在老乡家中。没有卫生间，没地方洗澡。夏天，组里给我们女生围个棚，我们打桶水洗澡即可。到了冬天，滴水成冰，那次拍外景，我三个月都没有洗过一次澡。

到了冬天，吃饭也是一件难事。那时候可没有盒饭，每日的餐食都是食堂的师傅们用大桶为我们打到现场的。等到我们吃的时候，饭早就冻成了冰坨。于是，天上飘着雪花，我们就吃着碗里的冰碴碴。而且，那时我们在外吃饭都要带上全国粮票，没有它还不能买食堂的饭菜票。我们每日在现场吃饭，都是要在剧组购买饭菜票的，那时的饭菜可不是免费的。

最为尴尬的是有几次我们在大雪地里一整天一整天地跪着，等回到上海电影制片厂里拍摄内景时，我才发现在之后近半年的时间里，自己完全失去了女人例假周期循环的事了。当时，年轻的我还不懂得这事的重要性，不以为意。后来回家告诉了妈妈，她着急地为我找中医大夫看病治疗，过了许久，我的身体才得以恢复。

与艰苦相随的当然也有许多小乐趣。当时村子里没有交通工具，我们很难出去玩玩逛逛，唯一能与外界联系的就是一个邮局的收发信的点。

村里还有一个小卖部，最好吃的东西是水果罐头。那时，我们没有多余的钱能去买那宝贵的水果罐头，馋了就会偷偷跑到老乡的地里掰点玉米、拿几根黄瓜，这就算是最好吃、最新鲜的吃食了。那里的老乡们也很善良，他们很理解我们这群年轻人，有时即便看见了也不会说我们，任我们拿两根。

有一件事让我记忆深刻。那天赶上了组里没有安排我们的戏，忽听到有人说老乡的一块甜瓜地就要拉秧了，我们几个正愁没什么好玩儿的事，便拿上网兜、塑料袋决定去看看。

不知道走了多远的路，好不容易才看到那块地。走上前问了老乡，人家知道我们是拍电影的那群年轻人，便没有反对我们进入。

我们先是买了一些完整的好甜瓜，剩下地里还未挖出来的和一些碎瓜，他们就任我们吃拿了。当时大家都吃得很尽兴。女孩们还能见好就收，男孩们就吃得肆无忌惮。天黑我们准备回去时，年龄最小的小伙伴已经撑到走不动路了。最后只能在其他几个男生的搀扶下，勉强走回住处。到了第二天，一天都没见他出来吃饭,直到第三天才见他爬起来。

一晃几十年过去了,这些有趣的细节就像是发生在昨天,还是那样让我难忘。那时,我们这群年轻的男孩女孩,一起工作了一年,大家在一起玩、一起闹,很团结,也没有什么绯闻恋情,就是单纯地在一起快乐地工作着。

现如今这部戏里还在做演员的人已所剩无几,男演员里除了刘之冰和寇振海,我就不知道还有谁了。据我所知,我是这部戏中仅存的一个现在还在演戏的女演员。其他的女演员大都早已改行,有些人多少年都不见她们的任何消息了。

初登银幕的过程真是太令人印象深刻了,也不知曾经同行的小伙伴们如今还好吗?会不会像我一样,在某个阳光明媚的日子里,想起这些稚嫩又美好的过往呢?

出国演出

## 001

# 走出国门

杂技是我人生中极其重要的一笔，是它造就了我性格中的坚忍，磨炼了我对事物的专注度，是它让我在很年轻的时候就有机会见识外面的世界，感知万物的不同。

七十年代初期，我回到了阔别已久的广州军区战士杂技团，奋力将落下的基本功追回后，有幸赶上了最早一批杂技团的出国演出。

也是因为杂技团要出国演出的缘故，上级特批，允许我们这些杂技团的小姑娘去接触从未接触过的衣服和化妆品。

出国前，我们杂技团的成员集中在北京做准备工作，收到上级给团里开具的证明后，我们一群女孩子在领导的带领下，欢天喜地地去了北京友谊商店做采购工作。

现在回想起来，当时的友谊商店可谓简陋，只陈列着几支颜色一样的口红和粉饼。虽然简陋，但对于那个年纪的女孩儿来说，已经足够新奇了。

到现在，我都还记得，那个乳白色的小塑料盒装着的名为蓓蕾的小粉饼，实在是令人爱不释手，多次拿起，不忍放下。

那时条件有限，人手一盒是不可能的，包括口红也是，均为三人一小组的共同物品。即便如此，我们也都感到心满意足。

置办完化妆品，接下来就到挑选服装的环节了。

与采购化妆品不同，演出的服装由团里组织安排，我们去了北京出国人员服务部进行挑选。那些衣服都是曾经出国的人士回来后上交的旧衣，无论颜色还是款式都是一样的，大家按照自己的尺码挑选，合身就行。

临出发前，我们接到消息，说是女孩儿每人可以再定制一条裙子，颜色可以自己选，但款式得按照规定，我就选了自己当时最喜欢的玫红色。

第一次演出，去的是澳大利亚、新西兰，还有中国香港地区。

国外的一切对我们来说都是新奇的。那时国外的媒体称我们为"女孩子",这对听惯了"同志"称呼的我们来说又是一件特别新鲜的事,心想:哦,我们是女孩子啊!

在出访的第三站香港,我们还拍摄了纪录片《杂技英豪》,我在其中演出魔术"变鱼"。解说我们所有演出节目的是当地著名的电影演员傅奇先生。由于我的节目里运用了古彩戏法的动作,傅奇先生还给予了我这样的评价:"以前古彩戏法一直都是由男人们变的,现在连小姑娘也能够变了。"

整个拍摄过程,我有幸接触到了关于电影方面的新知识,就此打开了对电影的初步认知之门。

记得当时,因为我在拍摄现场比较好学,电影公司的叔叔阿姨们都很喜欢我,私下还有负责人问我,愿不愿意留下来改行演电影。那时我年纪小,根本不敢想这样的机会,自然也就搁置了。不过这部杂技纪录片,由于拍摄手法新颖别致,在上映后很受欢迎。

我们第二次出国演出是在泰国、菲律宾和新加坡。这次演出我迎接了更多新的挑战。在表演上,除了魔术"变鱼"节目,又增加了钢叉表演,还参与了转碟、车技等集体节目。另外,我还兼任了报幕员,挑战用英语报节目。死记硬背的英文单词虽说得生硬,国外观众听得莫名其妙,团里的同事也笑得前仰后合,但这段经历是那般生动奇妙,让我至今难忘。

那个时候的自己,真是一个敢于挑战新事物的小姑娘。

## 002

# 受伤

杂技演员受伤是家常便饭，就连周边部队医院的大夫护士都习以为常了。凡听到是由杂技团送来的伤者，他们都是不急不缓的，只问伤到哪儿了，到时该怎么处理就怎么处理。

我重归杂技团后，受过两次比较重的伤。一次是在练腿下叉时，后腿不慎卷入了地毯，导致膝盖的半月板严重受损，膝盖积水肿得像个大水球，只能拄着拐杖走路，打石膏三周后才慢慢好起来。

另一次是在练习钢叉节目的动作时，一不小心钢叉重重地砸在了脸上，等我回过神来，钢叉已经掉在地上，发出了一声闷响！我下意识地用双手捂住脸，感到了强烈的剧痛。等我将手拿开时,看到地上已是鲜红一片。

众人急忙将我送往医院。大夫知道是杂技团送来的伤者,便见怪不怪看了看,说:"已经肿了,无法鉴别鼻子是否给砸歪了!回去养着吧!如果消肿后你的鼻子歪了,那你就得再疼一次,再把鼻子矫正过来。"

当时在疼痛中的我,根本没顾上二次矫正的说法,稀里糊涂地便返回团里了。

两个小时后,我的脸肿得很厉害,眼窝和鼻窝都不见了,从侧面看就像一个大平板。这次受伤可让我遭了不少罪,所幸鼻子并没有被砸歪挪位,也就没有再受二次矫正的罪了。

在杂技中,钢叉是比较难练的,足以让大部分女孩望而却步。然而,我在不懈的努力下,终于练成了。这也让团里的领导们对我刮目相看,无不感慨说:"真是功夫不负有心人哪!"

于是节目顺利地通过了审查,并安排参加出国演出。

一分耕耘,一分收获。这话虽老,却很在理。世上没有不劳而获的东西,你想得到什么,就得先付出努力与汗水;可能你的付出在短时间内不能看到一个明确的结果,但你不付出,就一定得不到想要的那个果。

我九岁入伍学习杂技,在这十余载的漫长光阴里,苦过、累过、哭过、伤过,总是绷着一根弦训练着,没有像其他小孩那样自由生长的烂漫童年;最终它在我的整个人生轨迹中,给予了我一份难能可贵的记忆。它推着我不断向前走,使我成为如今依旧自强不息的梁丹妮。

十年瓶颈期

001

## 迷茫

迷茫其实是人生不可或缺的底色。在那漫漫的岁月长河里，没有谁能顺风顺水一辈子，或多或少都会因遇着些不知所措的坎坷而迷失方向。有时，这种迷失好似一层薄雾，只需等来一阵清风，它便散去了；有时，它又如同南方阴雨连绵的梅雨季节，暴雨不断，盘踞在空中的冷暖空气久久不肯退去，令人烦心又无能为力。

我最煎熬的迷茫期是在第一段婚姻发生变故时，工作上的挫折也接连不断，被迫离开北京，回到阔别十年之久的广州。

在这座熟悉又陌生的城市里，我没有亲近的朋友，没有住处，只能回到远在郊区的父母家。每天上下班几十公里的路程，我打不起车，只能挤公共汽车，或者骑自行车。遇上刮风下雨天，在电闪雷鸣声中走山路就如同演一出历险记，提心吊胆地生怕脚滑摔伤。人在经济拮据的时候，真是连生病都不敢，怕陷入没钱看病的窘境。

这样的日子持续很长一段时间后，我发现自己很不快乐，渐渐感到回到广州并不是上策，逃避也不是解决当时所面临困境的办法。由此我也想通了一件事：以前在北京都是别人来请我拍戏，现在既然到了广东电视台这个陌生环境，我就不能再被动地等着台里安排我上戏，必须主动去争取。

于是我揣着几张广东电视台的演员合同单，在各个地方的摄制组中穿梭。为了生存，我从不挑拣，只要有请我演出的戏，我就上。

这样浮萍式的生活，一过就是五年，直到1996年10月，我再婚后的第三年，终于等来了工作上的转机。远征的工作单位北京人民艺术剧院，体恤我们两地分居的难处，经过反复查验，决定将我从广州调回北京。

002

## 十年瓶颈期

我一直坚信自己就是为做演员而生的。在多年的演艺生涯中，我游弋在那些连我自己都数不过来的人物角色中，努力去还原、体味她们别样的人生经历，尝遍了人生百态。时至今日，我可以特别自信地说，我能够做到演什么像什么。

我由衷地热爱演戏，但演员这个职业从某种角度来说又是很被动的。我们常常处于一种被选择的状态，这也就导致它是一份极其不稳定的工作，只要我们在银幕前消失一段时间，就会面临被大众遗忘，甚至接不到戏的困境。无论是过去还是现在，它的更新换代都太快了。稍不留神，就会失去很多宝贵机会。

当我回到北京和远征团聚，又来到北京人民艺术剧院时，我以为一切都会好起来；殊不知这只是我被淡忘的开端，紧接着等待我的还有所有女演员都要经历的年龄转型的考验。

1996年到2006年，对我而言是残酷的十年。这十年，让我几乎迷失了自己，抑郁症也在不知不觉中来临。

好在周围的朋友发现得及时，拯救我于危难中。我不再自暴自弃，没有一步步滑入抑郁症的危险深渊，而是迎来了新的曙光。

在这漫长的人生中，每一个不得不遭遇的挫折，都不会让我丧失热爱这个世界的勇气，反而教会我许许多多让生活变得更好的大道理。

Part four

4

一点新

报考电大

二十八岁那年,我脱下穿了十九年的军装,离开杂技团,北上开启转业之路,朝着表演梦靠近。

那时我以为自己有过好几部电影的拍摄经历,找一份工作,找一个单位应该不是难事。奈何命运弄人,我辗转许久,才争取到一个进京名额,克服诸多困难,才找到一个接收单位。从此,我正式开启表演事业。

投身舞台剧之后,我才发现拍电影和演话剧是两码事。

没系统学过表演的我一站上舞台就傻了眼,不会念台词,文学底蕴也差,手脚压根儿不知道往哪儿放。尴尬与不自信的气息瞬间笼罩在头顶,我幡然醒悟,一切都要从头开始,我必须去学习了。

一番打听过后,我听说电影学院要招一个明星班,我特别想去报考。可当时所在的单位,自招到我后如获至宝,许诺所有话剧的主演全归我,且断了一切影视剧以及其他演艺方面能寻到我的途径,更不允许我接触电影相关的事与人。

自此我被原单位牢牢"锁住"了四年。经历了无数焦急的等待与挣扎后,我决定平静下来,认真思考未来。我想,既然不让我出去参加影视剧的拍摄,也不让我出去学习,那我就自学吧。

当时单位里有不少年轻人都在上电大，我便兴冲冲地想即刻加入进去。可我是1983年后期才到的北京，已经来不及参加考试加入八二级正式生班。按照规定，我要想马上参加学习，只能作为自学试听生，否则就必须等到八二级的学生毕业之后，也就是1985年下一期开学时才能加入。

我不愿意荒废这大好的时光，再等上两三年，便咬牙毅然决然地加入自学试听生的队伍中去了。

自学试听生参加学习是一件很不容易的事情，我们要在没有老师授课的情况下正常学习好电大规定的每一门课程，参加每一次考试。如果考试没有及格，有没有补考机会要看应届的正式生中有没有人需要补考，有则跟着他们考；若没有，就只能等三年后，新一届学生再开此门课程时，才能参加补考。

那时的电大是学分制，如果有课程没及格，差了规定的学分，就无资格毕业，只能待全科都及格，学分均补齐了，才能顺利毕业。

在之后的两年中，因为单位不允许我们脱产学习，我只能无时无刻不带着书，走到哪儿学到哪儿。在演出的空当、排练的间隙，我都必须见缝插针地挤出时间学习。从电视里收看，从收音机里收听，借正式生的笔记，加塞儿蹭老师的讲座。

从小就当兵的我学习起来，自然会比别人艰难不少，也被一些人冷嘲热讽过，但我相信自己可以顺利毕业。所以，我要咬紧牙关坚持下去。那两年，我白天参加工作，晚上演出，半夜学习，几乎没有上过街，也没在凌晨两点以前睡过觉。靠着勤能补拙、死记硬背，终于顺利通过了各门功课的考试，以自学试听生最好的成绩毕业了。

毕业那天，我捧着来之不易的文凭，回到单位给同事们看，大家纷纷祝贺我。而曾经那些说风凉话的人也不禁感慨："哎呀，你这么努力，要是你不及格，拿不到文凭，那就是老师有问题了。"

那一刻，我倔强又有些傲气地证明了只要自己想做某件事，就一定能成功。说到底，命运在我们自己手里，有些看似不可能的事情只要我们愿意相信，就有实现的可能。有时候相信自己能做到，远比你能否做到更重要。

人艺殿堂

001

## 话剧，我的梦

2022年冬至，话剧《全家福》又开始排练了。

从2005年的第一次排练到今天，我和这部话剧已相伴了十七个年头。

在这个被新时代年轻人赋予浪漫意蕴"想你的夜最长"的冬至节气，我摸着那件属于"春秀婶儿"的蓝色小褂戏服，看着它随时光流逝而变硬的布料，也忍不住感慨一句："春秀婶儿，我想你的夜也是最长的呀。"

在所有作品中，《全家福》是我每年都会盼着演出的剧目。我深爱着"春秀婶儿"，从三十几岁的年轻媳妇，到八十几岁的老妇，她生命不息，战斗不止，让人欢喜让人忧，永远乐天派，永远走在时代潮流前沿。

演绎春秀婶儿对最初接下剧本的我来说是一个严峻挑战，五十余年的跨度，人物内心的揣摩很难。很庆幸，在质疑中，我迎难而上，春秀婶儿赋予我力量，我给予她活力，我们相辅相成，最终我摘得了2007年度话剧最高奖金狮奖的优秀演员奖。

值得一提的是，中国话剧金狮奖是针对话剧最为专业的一个奖项，含金量极高，是对这个行业，也是对话剧从业者艺术成就的肯定。

遗憾的是，后来中国话剧金狮奖被取消了。

而《全家福》也成为我在人艺话剧舞台上里程碑式的作品。

和春秀婶儿融为一体的过程中，我深刻领悟到作为演员要学会"破罐破摔"，在角色演绎时没有美，没有演员的个人形象，只有人物。

这是我在演艺事业初期不曾有过的觉悟。当然，美是所有女人都追求的东西，更何况我们演员。卸下"美"的包袱，需要过程。

我刚登上话剧舞台那会儿，虽然拍摄过几部电影，有一些表演经验，但对于话剧舞台，其实很陌生，根本不会演。由于我形象好，团里就让我担任主演，我只能努力从零开始学。我急急地找来斯坦尼斯拉夫斯基关于表演方面的书，一点点地看，恶补舞台表演的理论知识。没有老师教，就在实践中自己去体会积累，多向团里年长的演员请教。

我在出演人生第一部话剧《高山下的花环》时，还找不到台词发声的位置，还记得有一位对我不错的老演员，常常在侧幕边小声对我说："大声说啊！"

那时候在很多人看来，演技不够成熟的我可能不适合演话剧。就算这样，每次下基层演出，我的照片贴在宣传栏上总会丢失，负责此事的工作人员常常抱怨说，我的照片太过漂亮，导致他们不得不天天洗照片。

北京第一届莎士比亚戏剧节，我有幸以女主角的身份参与演出莎士比亚的《奥赛罗》，也是占尽了年轻靓丽的优势，仅凭这一点就得到了许多观众的认可和欢迎。有好几次演出，我饰演的苔丝狄蒙娜从观众席侧台一出场，孩子们便拉住我粉色的斗篷不肯撒手。上海的报纸也大幅刊登我的照片，给予我不少好的评价。

现在回想这些经历，发现"美"的确是给予了我很多难得的机会，不可否认是它让我迈进了话剧的大门。在爱上话剧之后，真的想要把话剧当作一生的艺术创作使命，就会发现"美"也是一种束缚，因为不可能所有角色都是靓丽的。

## 002

# 演回美丽

曾经我是以美著称的女演员，但站上北京人民艺术剧院的舞台后，种种原因让我始终与美无缘。多年来，我都游走于老的、丑的、另类的，甚至变态的角色之间，对此我心里曾有过落差。当然，如今我早已放平心态，不再怀念从身边溜过去的那些美丽角色，而是脚踏实地地演好剧院分配给我的每一个角色。

无论是进剧院第一部戏《古玩》中的风尘女子水珠儿、《开市大吉》中的丑陋大胖子穆凤珍、《全家福》中的胡同大妈春秀婶儿，还是《日出》中的妓女翠喜和顾八奶奶，在演绎她们时，我作为演员唯一需要思考的就是如何根据自身所具备的特质，在这些不美的人物身上，通过台词、肢体语言，体现出她们的多面性和复杂性，让她们栩栩如生、鲜活起来，从而让观众发现她们的闪光之处，发现她们身上所散发出来的内在美。

我至今都记得远征在我最苦恼时告诫我的一句话："你在表演中，什么时候忘记了你的容貌，你就成功了。"

后来，正是因为我在每次演绎角色的过程里，全身心投入，忘却美与丑之间的界限和距离，才换来了今天无论角色美丑，只要是我塑造出来的人物，均能得到观众喜爱的结果。

2019年，在无限的等待与憧憬中，我终于等来了远征执导的古装历史话剧《杜甫》，在其中饰演唐朝名将严武的母亲。起初，剧本对她的设定是大户人家的掌门人，我思虑再三，想着如果只按剧本中的提示去演，那这个人物难免会流于一般，所以我必须在可控范围内提升对这个人物的创作力。

排练初期，我一直都在懵懂状态中，不知从何下手。忽有一日，我听到饰演李白的演员在台上念白"美人卷珠帘，深坐蹙蛾眉"，刹那间，我灵光一闪，得到启发。何不把"美"作为严母的切入点呢？一个温婉美丽的唐美人，就此清晰地浮现在我的脑海中。

这个人物在戏中家境阔绰，雍容华贵，完全具备作为唐美人的一切基本要素。虽然她的心境与"美人卷珠帘,深坐蹙蛾眉"这句诗的意境不吻合,可美人在珠帘下凝思的静态是可以借鉴的。抓住这个基本点,我由此将思路拓展开去,根据美,围绕美,迅速找到了这个人物在舞台上的基本状态;以团扇作为人物的贯穿道具,为她设计上下场的手势,并在谢幕时运用转圈等肢体动作烘托其美,从而让角色的美自始至终。

演员演的是角色,不是自我。我们对于美的关注点不能仅仅停留在自身,更多的是要思考所扮演的角色以美的姿态出现合不合适。

003

## 戏比天大

我在北京人民艺术剧院工作二十五年了。

人艺之于我是曾经梦寐以求的艺术殿堂,也是于危难中拯救我的港湾。

我永远都记得1996年我因工作调动在广州愁云漫漫,几乎陷入绝望时,人艺领导对我说的那句:"你放心吧!一切困难,人艺都会帮助你解决的。"

进入人艺,是我二次进京,我的漂泊得以终止。

我这个在外漂泊了五年的游子,感觉似从空中终于落到了地上,一切都变得那样真实和踏实,我的心也从此安定了下来。

就是从那一刻起,我的事业和生活的一切,都由此而改写。

还记得当时我投给《大众电视》的一篇文章中这样写道:"我醒着的时候是笑着的,我睡着的时候也是笑着的。"

走进人艺,我的舞台生涯从此插上了坚实的翅膀,开启了崭新的篇章。

这些年,我在人艺舞台上演出,有大剧场,有小剧场;有如今已不再演的剧目,也有一演就是十几年,像《全家福》《日出》这种经典剧目。

浮浮沉沉,二十多年过去了,人艺给我上的最深刻的一课便是演员"戏比天大"的信念感与使命感。

"戏比天大"是高悬在人艺排练厅墙上的四个大字,最初看到时它并未引起我多少注意,只觉着那不过是一句口号。后来在演出中,先后看到很多演员在面临生离死别时,都毅然忍痛选择坚守在舞台上,没有抛下观众,耽误演出。尤其是我的爱人冯远征,当年他父亲去世,他在去剧院的路上往左走便可以去见父亲最后一面;为了不影响演出,他毅然决然地选择了往右走,按时到达了剧院后台。待演出圆满结束后,他才赶去送别他的父亲。

目睹了这些艰难选择之后,我才真正明白"戏比天大"这四个大字的含义。在 2017 年，这含义更是如同刀子般深深扎进我心里。那年，我最亲爱的父亲离开了人间，正在演出《日出》的我无法抛却自己的使命，无法抛下观众，无法及时为父亲送行，而是按时去到后台化装，做演出前的准备工作，最后忍着丧父心如刀绞般的疼痛，含泪上场。

那晚我一人分饰两角，顾八奶奶的每一次欢笑都是献给在场的每一位观众的。

而翠喜的每一滴眼泪，都是我为故去的父亲而流。

戏比天大，它不仅是一个口号，它是人艺一代又一代艺术家用心血浇灌的传承，是人艺演员秉持的信念与责任，是人艺的灵魂，也是行业的精神。

纵观这几十年在人艺舞台上的千锤百炼，我深切体会到是人艺舞台给予了我艺术生命最大的安全保障、最大的庇护。它好似一个大熔炉，使演员们百炼成钢。

我想，不管将来我还能在这个舞台上站多久，也不管以后我还能演绎多久那些我热爱的角色，我都会醉心于这个舞台，会因我是一名人艺人而感到自豪和骄傲。

北京人民艺术剧院，我的艺术殿堂，谢谢你给予我舞台，圆我艺术的梦想;谢谢你给予我机会,让我在各个角色中尽情演绎;谢谢你陪我这么多年,使得我成为如今这个有信念感的"老戏骨"。

被时间忘却的人

## 不被定义

最近几年，我最大的感受就是，人生在世，必然会经历不同的阶段，而各阶段应保持如何的状态，本不该被大众所定义。

二十岁的姑娘不一定非要打扮得花枝招展，热衷港风打扮也挺好；六十岁的中老年人，一样可以追求时髦。

之所以这么感慨，当然是有原因的。

我发现很多人上了年纪之后，几乎就没有了任何追求，更放弃了对自我的约束力。

我却以为，放弃自律即意味着走向倒退。

不是我瞎感慨，毕竟，人生不就是一往无前毫无退路的嘛。

有一次在电视台录制节目，我虽在台上，仍听到有观众在台下声音不大不小地说我是被时间忘却的人。

被人夸，永远是值得开心的事。

然而，当时的心理活动是，其实时间从不曾忘却过任何一个人，也根本没有谁能逃过自然的规律，但我们可以挣脱年龄的束缚、禁锢和压力，做最好的自己。

录完节目后，回家的路上，我还能想起那位观众的话，也一直都在想，我并非是被时间忘却的人，而是在芭蕾里重返了青春。

002

## 我爱芭蕾

我五六岁的时候,父亲创作的《红色娘子军》被中央芭蕾舞团选中并改编成芭蕾舞剧。当时是在广州演出,演出时,父亲特地带我去了,并带我到后台去看望了几位主演。

那是我第一次去剧院看芭蕾舞剧,也是第一次能够和演员们近距离接触。

演出之前,我跟着爸爸去了后台。看着那些身姿曼妙的女演员在后台压腿、立足尖,尤其是看到她们脚背和腿部的线条时,我觉得新奇,打从心里喜欢,并且羡慕。

人看到自己所热爱的事物时,欣喜是藏不住的,我也一样。

巧的是,当时刚好有一位芭蕾老师也在后台,她见我一副跃跃欲试的模样，当即就给我做了一番检查，我这才知道，学芭蕾也要看自身条件的。

老师仔仔细细对我的身体条件进行了一番检查，然后和爸爸说："孩子的四肢条件很不错，唯一的缺点就是脚背有点差，不过这些是可以通过后天的练习来进行矫正的。"

这番话真是让我欢喜让我忧，紧接着，老师又跟爸爸说："反正她年纪还太小，再等个两年吧，到时候大一点了可以考虑把孩子送过来。"

大概就是从那时起，芭蕾在我心中撒下了一颗小种子，使得我一直念念不忘，越发喜爱。而我呢，自五六岁开始，就等着这颗种子能在将来长成一个梦。

后来的故事，大家也都知道了。

我九岁那年，误打误撞去了杂技团，于是，这颗种子也就一直长埋在心底了。

只是没想到，这一耽搁，小半辈子就这么过去了。

2012年的某一天，我忽然又想起这件事来，并做了一个决定，那就是从零开始学芭蕾。

我当然知道，这实在是个不容易的决定，在很多人看来，甚至可以说是一件非常不可思议的事情，不说别人，就连远征听我说完后都为之咋舌。

我就是想尝试一下，那是我年少时埋在心里的种子，曾无数次幻想过开花结果，但就因为一个决定、一次耽搁，它成了一个遥遥的念想。尤其是，我一想到对芭蕾、对舞蹈的那份热爱始终都在，便更加确定——一定要去学，将不可能化为可能。

人不都说，念念不忘，必有回响嘛，事实也确实如此。

003

## 从零开始

我九岁入了杂技团，因为少小离家，打小就要比同龄的孩子独立一些，早早就开始对大小事学会自己做主。

对此，我一直都心怀感激，是这段成长经历让我早早就明白：对于自己认定的事情，一旦确定，那么，无论接下来会遇到多大的困难，我都会一直坚持下去，决不回头。

说来也巧，在这个当口，我恰好认识了一个舞蹈学校毕业学习芭蕾的孩子，因为都喜欢舞蹈，我们两人非常投缘。

我跟他说了自己决定从零开始学芭蕾的打算后，他非常支持，并且，表示有任何需要随时开口。

于是，我便选了一首歌曲请他帮我编排了一支舞蹈，并请他录下舞蹈的视频。他一口便答应下来，很快就将视频发给了我。

那之后，我便开始了每日在家中客厅跟着视频练习的日常。

客厅成了练功房，沙发成了我练舞时的把杆，将腿放到沙发上一样可以完成压腿，踢腿也不会觉得辛苦，顺便努力捡起小时候习得的倒立的功夫。

现在回想起来，其实刚开始练习的那段时间是很艰难的，以我这个年纪从零开始，要克服的问题可不少。

最难受的是，我能明显感受到，不管是胳膊还是腿，都硬得像是一把掰不开的镊子，而脚呢，根本伸不进压脚背器里。没办法，我只能一次又一次忍着剧烈的疼痛强压。

好消息是，如此坚持了许久之后，我脚背的弯曲程度终于有了明显改善；尽管还没达到我的预期标准，总归是在进步，我也没有因为途中遇到的困难而退缩。

就这样，在每天反复地听着同一首曲子不断进行练习，在远征调侃他听这首曲子都快要听吐时，我终于如愿学会了这段舞蹈。

不过短短数分钟的视频，要真正学会需投入更多的时间和心力。

　　尤其是像我这样自行学习的，只有竭尽全力，且身心投入，如此，才能不负所爱。

**004**

# 步履不停

　　细算一下，从 2012 年到现在，我已经自学芭蕾十年有余。

　　虽然没有经过系统的培训和教育，但值得一提的是，因为这些年的锻炼，如今，我的舞姿已有模有样，腿形变得好看了不说，身姿也挺拔了不少。

　　当然，最重要的是，我明显地感受到自己的气质逐渐变得更为优雅、大气。

　　舞蹈不仅磨炼了我的耐受力，还让我在演戏时对于肢体语言的塑造有了新的领悟，意外地获得了更强的表现力。

　　2020 年底，我参与了一部电影的拍摄，其中有这么一段剧情：在电影中，我需要和一群舞蹈班的大妈演员一起跳舞，需要表演几个芭蕾的动作。起初，这让我有些挺为难的。因为她们跳得真的非常专业,而我呢,只是个没有老师教过的业余舞者,凭的全是一腔热爱,真让我跟她们一群专业人士一起跳芭蕾,多少还是有些心虚的。

为了能演好那场戏,那几天我每天五点钟就起床了,为的就是能跟着视频再多练习一会儿。如此起早贪黑地狠练了几天后,等到拍摄那天,我终于跟上了她们的动作,顺利完成了拍摄。

拍完之后,舞蹈班的一名演员特地找了过来,由衷地对我说:"梁老师,你真行!想不到你还真能跟上我们。"

能够得到受过专业学习的舞者的夸赞,我当然打从心里高兴。虽说拍摄之前我有些小小的心虚,更觉得这就是临时抱佛脚,但它的确也说明了一件事。持续多年的苦练,终究是能派得上用场的。

而今,我已经不像当时拍摄时那样心有怯怯了,相反,登上舞台,已经完全可以做到体态轻盈、步履矫健,也能达到姿态优美;并且,我依旧深信不疑,即便到了这个年纪,也有一点没变,我还跟从前一样,仍是那个在各个方面都绝对不会输于旁人的我。

005

# 我的练功房

现在，不管我人在哪里，哪怕是进了剧组拍戏，我也能因地制宜地进行练习。跳舞这件事，我或许没天赋，但老话说得好，勤能补拙。

这些年来，无论是宾馆过道、大厅，还是大一些的洗手间，甚至是一个平坦的飘窗，都能成为我坚持练功的好地方。

记得有一次我在外地拍戏，因为宾馆的走廊过道和房间里都铺满了地毯，实在找不到一块可作为舞蹈擦地练习的平坦空地。我环视了一圈之后，发现房间的飘窗特别宽大，于是我也顾不得那么多了，直接在 20 层楼的飘窗上，跟随着音乐熟练地跳了起来。

后来，这件事被剧组的人知道了，他们都说："梁老师，你简直了！那么高的地方，你就不害怕吗？"

人要跳舞，哪还顾得了那么多呀！更何况，在飘窗上跳舞其实真算不得什么，他们都忘了，我可是从小就练杂技的人，从来都不恐高呀！

他们都问我怕不怕，但他们都不清楚，每当伸展开四肢，在旋转跳跃不停顿的挥汗当中，那时的我，身心得到了最大化地释放，获得了无限的愉悦。

长达十年，我始终觉得，舞蹈练功，真是让我受益匪浅。近年来，我再也不会动不动就生病、住院了，人的精神状态也跟着变好了，连带着整个人都健康又充满活力。

它更让我明白，人在热爱一件事的时候，只要全身心投入，付出时间和精力，你所处的世界就在变好，而你也会变得更好。

自跳舞至今，已然过去十年，虽说岁月没有饶过我，但跳舞给了我一个年轻的心态。

尤其是，自跳舞之后，我发觉，从前内心里稍稍有些抗拒和惧怕的年龄，对现在的我来说，只不过是个符号而已。

我还是和从前一样，会一刻不停地努力去完成自己想做的事,从未曾想过放弃过对美的追求。

女人啊,只要能够抛下岁月的印记,忘却年轮的压力,便不会有什么能够阻挡我们前进的步伐。

在没有岁月可回头的日子里,我们都应该无惧年龄,按照自己的活法去生活,去过得更好。学会在有限的生命里,适当地放飞自我,不去禁锢自己的心灵,只有如此,才能活出美丽,活得精彩,让自己永远成为美的主人。

我跟时间保证,即使到了八十岁,也一定会做到美美的。

微电影

## 001

## 《我们》

在我半生的演艺生涯中，我绝对称得上是一个"母亲专业户"，更是诠释过太多疯狂、偏执、张牙舞爪的母亲形象。在2016年，我接到了一个很不一样的剧本——"我们"。

这部只有13分钟的微电影，不但让我回归自己，演了一回温柔善良、内心强大的母亲，还让我多次获奖。

在剧中，我饰演的是一个和女儿断绝往来，却万分思念她，晚年患上阿尔茨海默病的母亲。

刚接这部戏时，我想应该很简单，不就是一个只有三天的小戏嘛，完成起来应该不难。后来进入剧组拍摄时，我才意识到这个戏有多难。

剧本没有对人物链接式的描述，全靠演员自行发挥想象如何去演绎。

在没有过多的情节、台词，也没有什么大动作加以辅助的情况下，我要全凭着眼睛传达，让观众明了人物患病的精神状态。

而这分寸的把握，即在一颦一笑、一举一动当中。控制不好，就过了；控制太多了，观众没看明白，人物的病态就失了，但又不能没控制地演成精神病。

所以，我越深入进去就越感到真是太难演了。

好在我遇到了一位很严苛的导演，经常一个镜头都要拍几遍，甚至是十几遍、几十遍。导演也善于启发演员，拍着拍着我也进入角色，摸索着找到了感觉。

《我们》两天一夜近乎不眠不休的拍摄，对剧组所有人来说都是一种挑战。

那时是四月底，莫干山早晚温差很大，刮风又下雨，打在身上的冷雨点就像是小刀子般既冰冷又拉人。

有一场戏是我和饰演女儿的演员赵子琪在寒风中双双跪在地上，相互诉说衷肠。

我们跪的地方是个坡地，地上布满了石子，我的膝盖骨在早年工作中受过许多次伤，日积月累，原本光滑圆润的膝盖表面，已经长满凹凸不平的骨刺，导致每一次下跪都会引得我钻心地疼痛。

这场戏拍了好几个小时，我们不停地站起又跪下，拍完后，我才发现裙装里面的衬裤都磨破了。

2016年5月7日，《我们》作为献给母亲节的礼物，如期上线播出。

在发布会现场，我很忐忑，不知道年轻人会不会接受《我们》，也不知道广大观众会不会喜欢《我们》。

为此我还问了总制片人杨澜："会有人看吗？"

杨澜停顿了片刻，立刻回答道："会的！一定会的！"

确实，第二天打开微博后我便惊呆了。很多观众给我留言说喜欢这部戏，他们为之感动落泪，甚至有些人连续看了十几遍。更有圈儿内的朋友给我发信息讲述他们的观后感。这些都是我完全没有想到的，也让我为之感动。

我不懂得表演，我也说不出来别的，但有一点我可以说，你演的那个母亲，像极了我那些得了此病的病人。

《我们》里的母亲被梁丹妮饰演得慈爱而温和，没有过多激烈的言语，没有夸张的肢体语言，一切都是淡淡的，家常的亲切的气氛，但往往这种亲切的感觉就很容易撩拨到你的内心……梁丹妮在戏中的台词不多，但每一帧画面，你都能感受到母亲那种复杂的内心。母亲坐在椅子上听着日记默默流泪的无力感这种表演……饱含深情而触动人心。丹妮在镜头前缓缓哭泣的表情，时常会让我想到自己的妈妈，我不在她身边时，她是否也会这样愣愣地发呆，因思念得不行而开始抹眼泪。看到我的时候，是不是也会这样撩拨我的刘海儿。

因为看了这部微电影，我和妈妈的关系改善了。

…………

看到这些留言，我真是万分欣喜。

一个演员最大的幸福就是他们塑造的人物形象能得到观众的喜爱与认可。

002

## 礼物

让我没想到的是，这部戏竟很快引起了多个微电影节的注意。

我更是因此拿到了人生第一个最佳女演员奖——中国潍坊金风筝国际微电影节以及亚洲微电影金海棠奖最佳女演员，也拿到了人生第一个海外奖项——第七届温哥华华语电影节艺术成就奖。

可以说，微电影《我们》是我影视生涯里程碑式的作品。

《我们》不仅是母亲节的礼物，更是老天赠予我的礼物。

在 2016 年度的亚洲微电影节、2017 年度《我的长辈》微视屏作品大赛、2018 年度中国微电影大典，以及 2020 年"网聚职工正能量争做中国好网民"主题活动中,我凭借《我们》里的角色荣获了五个最佳女演员奖。

同时,在2016年底的第六届北京国际微电影节上,我还获得了评委会颁发的特别表演奖。至今,我仍记得评委会给予的评价:舒缓的表演,犹如一首优美的摇篮曲,既诠释着女性的柔美与宁静,又向我们诉说着母爱的珍贵。

2017年,在著名导演毛卫宁的推选下,我成为"中国电视好演员"的候选人。经过网上观众投票选举,我以大比分的优势在我所在年龄段的评选中胜出,又经过几轮专家评选和再度筛选评定,最终获得了2017年我所在年龄段"中国电视好演员"的最高奖项——红宝石奖和优秀演员这两大奖项。

《我们》的成绩是不俗的,除了在国内斩获六个奖项之外,在2019年加拿大温哥华举办的华语电影节中,在评委会的再三评选中,《我们》亦是脱颖而出,我也凭借此戏获得了评委会颁发的艺术成就奖。

曾经演了几十年的戏,没有拿过奖,甚至一度被人遗忘,但《我们》播出后,外界的种种反馈给予了我极大的肯定与信心。

回想这数十年走过的路程,我由衷地感慨,还好我还在表演的路上，哪怕没有名气，没有流量，我还是那么热爱这份工作。演戏对我来说始终都是一种享受，无论是话剧还是影视剧，都让我乐在其中。

003

## 与时俱进

2016年至2017年，我先后参加了网剧《冷宫传》《花落宫廷错流年》的拍摄。

因为在剧中的突出表现，在网影盛典上相继获得了"十佳戏骨奖"和"最佳女配角奖"。

2017年，我也同时获得了"中国电视好演员"的红宝石奖和优秀演员两个大奖。

在走上领奖台的那一刻，我激动的心情难以言表，几度哽咽泪奔。

走上领奖台的路很短，只有区区几步之遥，但走上领奖台的路又是那么长。

有的演员用几年、十几年、几十年，甚至一辈子都走不到。

当然，奖项并不能说明什么，但它是对一个人的努力与奋斗的认可。

我很幸运能厚积薄发，获得了我所期待的奖项。

几十年的奋斗所获得的成绩，终于在这一刻得以绽放。

回想从我完全不懂表演，到现在获得了大大小小十一个影视剧的个人单项奖，我深深感悟到：作为演员，我们必须要与时俱进，如此才能有机会迎来事业的春天。

这几年，影视艺术发展得非常快，微电影、网剧、网影、短视频作为新生事物展现了强大的生命力，发展势头迅猛强劲，规模逐步扩大，日益影响着我们的娱乐生活。

网络新媒体与传统媒体有着本质的区别，网络媒体传播更快，我们作为老艺术家要与时俱进，去接受新鲜事物并掌握这种艺术形式。所有艺术形式都殊途同归，我们都要给观众传递正确的价值观。

重见曙光

## 小角色又何妨

在过去很长的一段时间里，很多人都不知道我是个演员。

一开始，我很难过，更不能接受，但我也知道，不能接受又能怎么办呢？

不被人记得，那我能做的，就只有不断去演出，保证不让自己的表演感生疏；告诫自己，要在低谷里向着光亮那方前行。然后静静地等待，在蹉跎岁月里慢慢找回属于自己的位置后，我也渐渐学会摆正心态，哪怕从零开始，哪怕不是主角，只是个小角色，我也很开心。

我就是在那个时候，开始逐渐明白，人若想要智慧，必须先经历人生的至暗时刻。

说起来，要感谢那段时光，是它让我明白，有时候，一个人要想做成一件事，实际上是需要很多因素来促成的。能活到老，演到老，就没什么可计较与抱怨的了。人啊，只要正直善良，内心不阴暗，有问题就解决问题。不断寻求办法，反复尝试，即便到最后没能成功，那也没有什么好遗憾的。

十年低谷痛定思痛后，我不再自暴自弃，而是清醒地认识到：到了一定年龄，从主角的位置上退下来是必然的。演小角色能如何？演妈妈演奶奶又何妨？角色的年龄有那么重要吗？

放下了杂念的我，不在乎角色大小，只在乎是否能尽心演好。于是，各种各样的妈妈甚至奶奶的角色接踵而至。

其中《家常菜》就是非常典型的例子。在这部戏里，我饰演的是一个特别小的龙套角色，但还是倾心投入着，最后得到投资方这样的评价：

"丹妮把一个龙套，演成了角色。"

## 002

## 奇葩妈妈

人有时候放下某些执念，就能看见下一道曙光。

2006年下半年，我破天荒连续接到了三部电视剧《男人底线》《常回家看看》《最后的王爷》的角色邀约。

当我又一次自信满满地面对摄影机时，我真像是在山重水复疑无路之后，见到了柳暗花明又一村。我陶醉于那些紧张的拍摄中，投身于哪怕每天只睡两三个小时的工作中去。

在剧组与剧组之间赶戏，赶到连轴转，再苦再累，我的内心也是充实而快乐的。

我逐渐从困惑中走了出来，找回了自己，沉浸在那些不再年轻貌美的角色中。

记得在拍《婚姻料理》时，我饰演的是一个可爱又可笑的妈妈。拍摄期间，每天我都在乐此不疲地琢磨设计人物的一举一动，即便是在去现场的路上也都在认真地思考，想着今天我怎样去体现这个角色的奇葩之处，怎样去把这个人物的生动之处最大化地惟妙惟肖地表现出来。

我为饰演这个母亲形象投入了极大热情，她也成为我饰演的众多角色中，最受观众喜爱的人物之一。

提到我所饰演的母亲角色，不得不提《青春期撞上更年期》这部戏。

那会儿，电视剧《媳妇的美好时代》正好热播，因此，后续有不少影视作品里的妈妈形象都与之相像，都属于较为极端类型的妈妈，少有先前的温柔类型。

我呢，那个阶段所参与的影视作品不算少，而在挑选角色方面，我个人更偏向的、喜欢的妈妈这个角色的类型，还是属于温柔善良的那种。所以，说实话，起初我对这个角色并不太感兴趣，但是在看过剧本之后，很快，我便决定出演《青春期撞上更年期》这部戏。因为贺淑珍这个角色与我以往所出演的角色有所不同，对演员来说，这也算是一种挑战和尝试。

《青春期撞上更年期》这部戏，讲述的是两代人的故事。

我在剧中饰演贺淑珍，马伊琍饰演我的女儿，杜淳饰演我的女婿。

如果用一个词来形容贺淑珍这个角色的话，我愿意称她是"破马张飞"的。

贺淑珍年轻的时候，丈夫因工伤去世，独自一人把女儿拉扯大，摆过地摊，开过小卖部。特殊的人生经历，使她成了一个个性很强的女人。

尽管她脾气非常暴烈，实际上，她非常爱自己的女儿，她总觉得自己的女儿跟着女婿会吃亏。

虽然我此前未曾演过这样的妈妈，但是我在人艺剧院里塑造过不少另类的角色，而不少角色都极其另类，非常极端，不管是《日出》里的翠喜，还是《全家福》里的春秀婶儿等等，都让我在出演的过程中拓宽了自己的戏路，成功提升了自己。

就这样，我克服了自己内心的障碍，出演了贺淑珍这一角色。实际上也如我所想的一般，此前在剧院演出的经验对于塑造影视角色起到了不小的作用，因此去演这些角色的时候，没有丝毫障碍，因为我太明白，身为演员，不管出演什么角色，只要把你所要饰演的这一角色的行为动机找准了，就不会存在所谓障碍。

告别《青春期撞上更年期》，我又迎来了《北京青年》。

在《北京青年》里，我饰演的何东的极品母亲，让很多观众吐槽这个角色可恶到让人窒息。

其实，我对这个角色也是又爱又恨。

整个拍摄的过程，我天天经历着纠结与苦恼。她对儿子窒息过度的爱与控制，也让我很为难；她深爱儿子，却又乐此不疲地和儿子对着干，她的另类该如何呈现曾是我的难题。她和何东之间的故事正是两代人最典型的例子，父母该用怎样的方式爱孩子，子女又将如何领会父母的爱，这是一道难解的题。

她是一个悲摧的妈妈，但她对儿子的爱是真的。

我理解作为一个母亲，爱自己的孩子是母亲的全部，为了孩子，她做什么都可以，甚至献出生命！这也许就是《北京青年》中我饰演的人物想传递给观众的。

而戏中人物所采取那些个行为，或许不当，或许缺乏理智，也正是需要大家去理解的。

饰演过那么多配角后，我想，一个好的演员应该是心怀阳光，与角色一起成长的。

名气、流量都没那么重要，重要的是若干年后，回看曾经演过的那些角色，不会因为不够努力而满是遗憾。

他始终都在我身边

001

## 疫情下的我们

2020年疫情突然来袭,谁也没想到我们竟与新冠病毒抗争了三年。在这三年里,它让我们人类焦灼惶恐,也在无形中改变着我们的生活。

我依稀记得疫情刚来时,我们正在剧院演出话剧《全家福》。在除夕前夜,我们演完第九场便被通知演出取消,所有人须即刻回到家中,尽量少出门。我和远征回到家里,才发现这么多年一直吃食堂、吃盒饭的我们,压根没在冰箱储备任何吃的;找不到食材,网上又无菜可买,外卖也无人送,我们只能随便吃点东西,打发了那年的年夜饭。第二天又无奈地戴上口罩、帽子、手套等等,去超市采购了一些食物及生活用品。

从那时开始,我和远征终于有机会长时间形影不离地过着许多年没有过的平凡日子。

那几个月,演出取消,拍戏暂缓,我们没了工作压力,处于完全放松的状态。开始自己做饭,遵照大夫的医嘱,吃少油、少盐、少糖,以青菜作为主打的健康食品。闲下来的时光里,他练字,我练功;晚上,我们就看一些以前想看但没时间看的影视作品。

就这样简单地过了一阵这种好似退休的生活之后,我们不约而同地发现,原来生活可以过得这样惬意,一日两人三餐,简简单单,却又异常充实。

居家的远征抛去演员身份,其实是一个非常能干的老公。他会给我做饭,烙芝麻酱饼、蒸花卷、炒菜,他样样都拿手,让我这个从小当兵拿着把勺子走天下、不善烹饪的人望尘莫及,只能帮他洗洗菜、刷刷碗,张罗着收拾收拾罢了。

我们在一起做饭收拾时的每一个环节,都好比是流水线上的作业,既有条不紊,又准确无误,还充满了情趣,相当默契。此后,我们便决定以后能不在外面吃饭就不在外面吃饭。

在那段封闭的日子里,远征想方设法购置了些理发工具,精心地为我理发，理得相当好。从此以后，他便成了我的专属Tony老师，我再也没有找过别人理发，头发的事就全交给他了。只可惜我这个人很笨，不会反过来给他理。

他还利用家里的旧毛巾，一针一线为我缝制拖鞋。对我而言，"远征牌拖鞋"是最舒适耐穿的，也是我的最爱，任何名牌鞋都无法与之媲美。

疫情在无形中让聚少离多的我们有了难得的机会，长时间相聚在一起。不用赶通告，不用计算着时间干什么或不干什么，也不用上闹钟提醒催促自己去处理各种各样的事宜；可以长时间手拉着手，彼此注视着，想多长时间就多长时间。这样的时光真是太幸福美满了。

这样面对面地坐着，手拉着手，就是最理想、最幸福的事。

002

# 他始终在我身边

2020年下半年，疫情状况还是时好时坏，我出去拍戏正好赶上疫情严重的时候，直飞的航班被取消，无奈中只能转机抵达目的地。原本两三个小时的行程，硬是折腾了整整一天。转机等机的过程中，我不敢吃东西，不敢喝瓶装以外的水，不敢去公共卫生间，一整天都没有摘下过口罩，好不容易熬到晚上才抵达终点机场。下了飞机再坐三个小时的车，到达外景拍摄地时，我已经累得快顶不住了，偏偏剧组又没安排好住宿事宜。

在我感觉自己要崩溃时，牵挂着我的远征得知消息后，立马帮我找人联系，并协助经纪人及时安排好一切事宜，我才得以休息。

每逢这样的境况，就算远征不在我的身边，也仿佛从未离开我一样，他总是时刻关注着我的冷暖，及时为我排忧解难。

有时他出去开会，几天不能回家，走之前就给我调好了这几天拌菜、拌面的酱汁，详细交代了各种细节，让我感觉自己就像一个留在家里只会吃围在脖子上的圆饼的小孩。

爱情的保鲜

## 001

## 保鲜秘诀

一眨眼,我和远征结婚就要进入第三十个年头了。

我生于秋天,与远征亦是在秋天结的婚,所以,每年到了 11 月 20 日这个特别的日子,我便会为我们的婚姻写下一篇文章,以示纪念。

日子就这样一寸一寸地过着,而我也在每一年的这一天,记录下属于我们的点滴。

回看这三十年,我们的生活发生了翻天覆地的变化。

在事业上,远征从一个普通演员变成家喻户晓的实力派演员,还担任了北京人民艺术剧院的院长一职,也是从演员提升为院长的第一人;我呢,起起伏伏,不断迎接新的挑战。

在婚姻上,我们用时间打破了那些说我们作秀秀恩爱的流言,也告诉了世人,远征不是《不要和陌生人说话》里的安嘉和,他是爱我宠我的"宠妻狂魔"。

我们携手并肩走到今天,成为大众眼中的模范夫妻,也曾被很多人问及如何做到恩爱如初、如何让爱情保鲜等问题。

其实爱情没有参照系,也不存在任何可比性。

它本身就有着很深刻的排他性,持之以恒地爱着对方,呵护对方,让他永远感受到被爱的氛围包裹着,让他永远都觉着自己在爱的海洋中荡漾,也许这就是我的秘诀之一。

我很排斥那种日子长了,婚姻久了,就是所谓的左手拉右手、左腿搭右腿的说法。

执子之手,与子偕老,那真是太小太小的考验,这种理念应该归属于上一辈的人,早已过时。

对我而言,没有爱的日子,我连一天都过不下去。

即便是结婚年数多了,时间久了又怎样?难道就只能剩下平淡、无趣,只能剩下浑浑噩噩地度过余生吗?又怎么不可以持续那种炽热、浓烈、有爱的日子呢?

爱才是夫妻之间最有效的黏合剂,结婚时间越长,就越需要深沉而炽热的爱来支撑柴米油盐的琐碎日子。

我和远征的爱就如同生命中的泉水，我们一直都在用真诚的心血去浇灌，从而让它至今仍是那般甘甜、清澈。

好的婚姻都是靠双方用心经营出来的，它需要一种仪式感。

当然，这种仪式感并不是说一定要在某个节日里给对方买多贵的礼物，而是心里想着对方去做一些有意义的事情，给彼此一些小惊喜、小浪漫，使生活由此甜蜜滋润起来。

我和远征的仪式感就很简单：每年在我们俩的生日、结婚纪念日，我都会写一篇文章来记录这一年的所想所感；平时我们偶尔也会给对方写张卡片，送束鲜花。

说到底，感情不是用物质来证明的，时刻想着念着对方的心意才是最难能可贵的。

和远征度过的这三十年，我就像荡漾在温柔之乡的一叶小舟，时时被那深深的爱意包裹着，感受到的是无限的温暖与安慰。

一个女人所要的，莫过于此。

我们志同道合，风雨同舟，并肩作战，在前进的路上，谁也没丢下谁，一直在协助彼此做更好的自己。

这也是我们感情保鲜很重要的一点。

我爱远征,同时我也是独立的,我永远不放弃自己追求美丽或者说完美的自由。

002

## 做美丽的女人

"成功的男人背后一定有个好女人。"

男人背后的女人,这个说法和理念,我至今都很疑惑,为什么女人非得是站在男人背后呢?为什么站在背后才能称得上是好女人呢?为什么女人不可以与她们相爱的人并肩站一起,并驾齐驱共同去赢得更大的成功呢?

很多女性的终极目标是嫁个好男人,这没有错。只是我觉得嫁一个好男人和能够拥有一份自己的事业,两者并不矛盾,还可以互为关联,相辅相成。爱情和事业、生活与工作,完全可以兼而有之。守着相爱的人,做着心爱的事,这样的生活才会让我们不至于那么容易迷失自己。

女人本来就该是美丽的，就像一朵花一样。我们在维系家庭、在为爱人默默付出的同时，也应该保留自己如同花儿一般美丽绽放的权利。就像我身边很多成功的女性一样，把家庭照料得有声有色，在自己热爱的事业上也做得风生水起，从不站在人后，而是与丈夫站在同一水平线，不需要仰望谁，不需要听命于谁。

一个美丽的女人一定要有自己热爱的事情，当我们为喜爱的事耀眼绽放时，爱你的他目光又怎舍得离开你，你们的爱情之花，又怎会轻易随着琐碎日常凋零呢？

过去的我，仅仅满足于像花朵般静静地去绽放，而今的我，希望自己能够做到掷地有声，轰轰烈烈地向世人吐露芬芳。

**003**

## 美的追求

每个女人都是一朵美丽的花,在姹紫嫣红中,我也许不似牡丹乃花中之艳,也不像玫瑰那般引人注目,我只希望自己是一朵洁白无瑕的百合,永不凋谢地绽放着,让那馨香、清丽的身姿,在轻盈和娇俏中吐露芬芳。

赏花论花,闻香识女人。既然我把女人比作花,那么人性花性,花性人性,每个人对花的认知度都是不同的。各属各花,这关乎人的原始本真,也关乎人的情感情操。无论是属于哪种花的女人,在你展开的人生旅途中总会留下芳香的印记,这印记就是属于你的,且专属于你。

我是怎样的一个女人?

思索良久,最后我还是想用"特别"这两个字来概括。

我一直喜欢用云淡风轻来形容自己,以前的我是风般的女孩,现如今我是云般特别的女人,以后也将永远会是。而这专属于我的沁芳之旅,沁透了印满了我云淡风轻的心智。不过,我确实有着不同于旁人之处,有着别样的,另类的人生经历。

纵观我的沁芳之旅,展开的每一段历程、到达的每一个驿站,都像一颗颗色彩斑斓的珠子,而串联起这些珠子的连接线,时而柔软细滑,时而粗糙得令人不能触碰,不忍触摸。无论是艰难坎坷也好、幸福快乐也罢,构成的这些经历,以至于所联结编织成的每一串足迹、每一段过往,都仿佛一幅幅画卷,深藏于我的脑海中,并幻化成不同凡响的记忆,供我留存,让我这个有着独特经历的人去深思、去回味。

我始终是一个很浪漫的人,我喜欢沉浸于梦幻里,那飘逸轻盈般的感觉让我沉醉。如果用色彩来形容,我所拥有的那些独特的人生"珠子",应该划分为:粉色,我的童年;蓝色,我的事业、我的成长;紫色,我的爱情;而明艳的黄色和纯净的白色,则是我对美的追求。

004

## 爱下去，写下去

爸爸"走"后，我从他手中接过了那支笔，替他写他未能再继续写下去的人间。而我不才，远不如爸爸那样能写出不俗的剧作，更写不出值得传世的好故事。我常常想：我能写些什么呢？

我能够写的，似乎就是在人世间的这些年岁，我所感知到的爱意、偶然所得来的智慧……而这些年来，我所书写的，最多的便是我与远征之间的点滴。

还记得在我们结婚十七周年纪念日时，我在自己的公众号里这样写道：

是何德何能当年让你爱上我？

是何德何能让你与我牵手十七载。

今生陪伴你,来世再爱你。

陪伴,我愿意这辈子都在风雨之中陪伴着我的另一半!

将我的心,我全部的爱,都奉献给他!

伴着他,愿来生来世,我还能遇见他,爱上他,还能够陪伴他!

就像是我最喜欢的《简·爱》中的这段话一样,最能表达我的心情。书中说:我们的蜜月会照耀我们一辈子,它的光只会在你我进入坟墓才会暗淡下去。

对我而言,远征始终都是温暖的,有他坚强的臂膀作为后盾,我才能无往而不胜。

而我也一直深深希望,这玫瑰色的爱与温暖永远属于我。

如此多年,是他让我有力量能够继续行进在寻梦的旅途中,让我明白,即便到了如今这个年纪,年龄也只是一个符号,而我要做的,仍旧是保持美丽,信心满满,将那些美丽的梦想化为现实。

**特别感谢**

张七七

安 艳